Tudo o Que Temos Cá Dentro

Daniel Sampaio

Tudo o Que Temos Cá Dentro

Leya, SA
Rua Cidade de Córdova, n.º 2
2610-038 Alfragide • Portugal

Capa: Silva!designers

Revisão: Fernando Luís Milheiro
1.ª edição BIS: setembro de 2010
Paginação: Fotocompográfica, Lda.
Depósito legal n.º 330 470/11
Impressão e acabamento: BLACKPRINT, a cpi company, Barcelona

ISBN 978-989-660-089-1

http://bis.blogs.sapo.pt

Para Nazaré Cristina Santos

– minha Amiga

Sombra

Na sombra que o cansaço em mim demora
perpassam só memórias que no verso
se tornam alusão inconsistente

Mas não esqueci teu corpo: que não esquece
O que a memória não reteve nunca
Senão no vivo jeito de perder-se

Luís Filipe Castro Mendes
Poesia Reunida (1985-1999)

1

Hoje um doente disse-me:

«Batem as portas, em tons de suicídio, como se fossem um corpo a cair do nono andar...» Tinha terminado a consulta com um adolescente perplexo e angustiado e o alarme da sua dor moral permanecia dentro de mim. Quis ficar mais algum tempo no Hospital para conversar com alguém, talvez me apetecesse fugir. Percorri o corredor do velho serviço de Psiquiatria, doentes a arrastar os pés e a pedir um sorriso, médicos a ir embora sem dizer adeus. Podia ser que os alunos da Faculdade aparecessem a pôr dúvidas, quem sabe se um delegado de informação médica não daria qualquer coisa para o arquivo-cesto...

Hesitei à porta da sala de ergoterapia, nome herdado de uma tradição da velha psiquiatria, sempre pronta a obter mão-de-obra gratuita, através do dinheiro da venda de cestos de vime ou objetos de barro, em troca de sossego nas enfermarias e tranquilidade nas consciências. Uma doente com anorexia nervosa veio oferecer bolo de vinagre, um rapaz pálido pediu um cigarro e caminhou abraçado a uma senhora idosa na direção das velhas casas de banho. Uma mulher inquieta perguntou-me quem era a sua médica, umas vezes aparecia uma médica nova, outras uma médica velha...

Entrei na sala, os doentes amontoavam-se à roda de uma mesa e dois vieram logo apertar-me a mão. Uma enfermeira simpática tentava em vão entretê-los. Um rapaz em pijama (para que não fugisse) escrevia frases incompreensíveis numa enorme folha de papel, enquanto uma mulher de cabelo a esconder a cara lavava chávenas de café. Uma médica entrou apressada a dizer que detestava bolo de vinagre, por que razão nunca mais tinham feito biscoitos de manteiga ou bolo de iogurte, agora era um doente que ia ter alta e queria despedir-se, ou seria alguém a fazer anos?

Outra doente jovem apareceu à porta, disse em voz rouca que não se sentia bem, por certo tinham posto qualquer coisa na comida ou dado um remédio fora de prazo, seria melhor ninguém tocar no bolo de vinagre. A enfermeira simpática chamou-a para o pé de si e ficaram de mão dada, outra médica reclamava mais chávenas de café.

Passei os olhos pelo jornal do dia anterior, aberto em cima da mesa com um grande carimbo «OFERTA», uma senhora disse que estava rouca e não podia cantar o fado, uma velhinha pediu mais bolo e outra doente perguntou por que razão os pediatras de agora não deixam dar água aos bebés. A doente com duas médicas, a nova e a velha, disse bem alto não perceber a razão por que tinha sido internada, era tudo culpa do marido que tinha arranjado uma galdéria, pena as médicas não compreenderem, não deviam ser casadas porque não lhe davam conselhos. Outro doente perguntou se ia melhorar, finalmente conseguia dormir a noite toda, acha que posso ter alta hoje, Professor Daniel? Três homens com gabardinas de plástico e uma espécie de extintores surgiram a perguntar pela enfermeira-chefe, por certo iam fazer a desratização, um doente tinha há muito visto um rato junto à casa de banho, ninguém sabia se era delírio ou realidade.

Falei com uma médica sobre o telejornal da véspera, um rapaz loiro seguia a conversa enquanto desenhava um gato, surgiu um enfermeiro a pedir outro café e mais uma vez as chávenas não chegaram. Outro jovem disse que não valia a pena fazer análises porque os resultados vinham todos aldrabados, a senhora perguntou de novo se a sua médica era nova ou velha. Na sala ao lado estavam dois doentes a dormir e um fado era gritado na rádio. Uma enfermeira veio dizer-me «uma chamadinha para si», tudo começou com este telefonema que não esquecerei. Um pai angustiado pedia-me para falar com o filho, adolescente de dezassete anos até aí sem problemas, agora muito aflito porque tinha sabido do suicídio de uma amiga.

Batem as portas, em tons de suicídio...

Perguntei se o rapaz estava de acordo com a consulta. Mais de vinte anos de prática clínica ensinam que muitas consultas com jovens correm mal porque a motivação é apenas dos pais, os filhos são trazidos às entrevistas com estratagemas diversos, a impossibilitar uma relação de confiança com o técnico. O pai tranquilizou-me, o rapaz tinha ouvido falar em mim e queria ver-me. Tentei saber mais pormenores. O pai achava a história muito estranha, não percebia por que razão o filho estava tão deprimido. Disse-lhe uma frase batida, «o suicídio de um amigo é qualquer coisa que toca muito os jovens», já uma interna de saia comprida olhava para mim à espera de qualquer coisa, o melhor era marcar dia e hora.

Voltei para o gabinete, uma antiga casa de banho recuperada à minha custa, decorada com desenhos de doentes e onde continuo a gostar de conversar com as pessoas. Olhei para um pequeno quadro branco onde escrevo avisos importantes, o nome dos doentes internados e frases que não quero esquecer, apelos, avisos de suicídio, gritos de amor.

Batem as portas, em tons...

As palavras não me deixam tranquilo, o doente e a família não melhoraram, a sintomatologia permanece inalterada, ainda bem que somos capazes de falar um com o outro em intimidade, estou certo de que juntos vamos conseguir. Estarei agora disponível para outro caso de risco?

O suicídio do rapaz da escola secundária. Eu e a colega Nazaré Cristina perante um grupo de jovens, quase todos a quererem falar mas sem saberem como. Um bom aluno do 12.º ano, interessado em Filosofia e Psicologia, a discutir «O Mito de Sísifo» com os colegas e a professora de Filosofia. Uma ida à praia, na manhã do suicídio, uma concha de búzio para a professora de Psicologia, não se esqueça de ouvir o mar, s'tôra! Permaneceu de pé durante toda a aula, junto à parede do fundo da sala (um derradeiro apelo?), sem que ninguém dissesse nada, não era afinal um dos melhores alunos da turma? Um pedido de último cigarro, prazer final antes da morte, entendido pelo colega como mais uma tentativa para deixar de fumar. O suicídio ao fim da tarde, com a arma do pai, morte há muito planeada, o seu perfeccionismo não permitia o fracasso, de que serve ter vinte a Matemática se a rapariga que ama anda a curtir com outro?

O suicídio da rapariga na escola alentejana, fechada na casa de banho sem dizer a ninguém, os jornais dos dias seguintes a darem a notícia sem adiantar explicações, os colegas um ano depois a promoverem um debate, não se compreendia como ninguém tinha falado com eles...

Outras recordações surgiam. A frase do meu doente voltava.

Batem as portas, em tons de suicídio, como se fossem um corpo a cair do nono andar...

Talvez como aquele outro rapaz, há já alguns anos...

Tinha estado a jantar fora com os pais, como nunca tomava café pediu para regressar mais cedo a casa. Quando os pais entraram, viram uma janela aberta e os ténis do filho. A mãe espreita e não quer acreditar.

Quando eu e a Nazaré Cristina os fomos visitar, quinze dias depois do suicídio, o quarto deste jovem de dezasseis anos estava intacto. A mãe não conseguia entrar e o pai não tinha coragem para o alterar. Em cima da mesa de trabalho estava o livro *Ética para Um Jovem*, de Fernando Savater. Numa gaveta, pudemos ler um artigo científico, fotocópia de uma revista, sobre «ressuscitação cardiorrespiratória». Tudo tinha começado com uma depressão, desencadeada por uma classificação mais baixa do que as expetativas, num indivíduo com grande padrão de autoexigência e rigor. Os pais procuravam uma explicação, culpabilizavam-se por não terem valorizado duas noites de insónia, vasculhavam no passado de ambos em busca de doenças mentais hereditárias...

Mesmo hoje não tenho certezas sobre o que levou estes jovens ao suicídio. Sentia-me com capacidade para esta nova situação? Dizem os livros que alguém que está ligado a uma pessoa que se suicida fica em risco, pode adoecer com depressão ou até autodestruir-se. Quem sabe se o jovem de agora estava deprimido ou com ideias de morte?

Ainda tinha algum tempo até ao nosso encontro, marcado para dois dias depois. Voltei para a sala de ergoterapia. O café tinha acabado. Dois doentes dançavam em ritmo lento, a senhora continuava a perguntar qual das duas, a nova ou a velha, seria a sua médica, um homem baixo, vestido de negro, com a Bíblia debaixo do braço, murmurava palavras que não consegui decifrar.

Nessa noite tive um sonho estranho. Vi um animal desconhecido, com enormes dentes, percorrer uma grande extensão de terra, onde de vez em quando surgiam árvores batidas pelo vento. O céu tinha nuvens escuras e uma luz de tempestade. O animal corria sem destino e na sua fúria destruiu duas árvores. Observava tudo e sentia que tinha de fazer alguma coisa, embora não fosse capaz de tomar qualquer atitude. De repente, o bicho desapareceu no horizonte e eu fiquei a arfar junto de uma árvore destruída.

Acordei e por momentos fiquei na dúvida se estaria vivo.

Hoje apetece-me partir tudo, pegar na minha mota e desaparecer ao longe, deixar de vez a escola e os amigos, dizer adeus aos pais e ir embora.

Nunca pensei que surgisse uma coisa destas. Olho para a minha cara no espelho da casa de banho e não quero acreditar no que aconteceu. Acho que ando com mau aspeto, talvez seja porque estou sem pachorra para fazer a barba. A minha mãe diz que tenho de a fazer todos os dias, porque ainda não é forte para se deixar crescer e se não me barbeio fico com ar doente. Eu sei que é por outra razão, mas não consigo falar com os meus pais sobre o que se passou.

Tentei ter uma conversa com o Pedro. Disse-lhe que não andava com ninguém e que me tinha acontecido um problema. Com o Pedro consigo falar, é o meu melhor amigo e não está sempre a dizer o que devo fazer. Pensei contar-lhe tudo desde o início, mas tenho dúvidas, o Pedro sempre foi menos complicado do que eu e se calhar não vai dar o apoio de que preciso. O pior é que os meus pais reagiram mal, quando lhes contei só metade do que se passou, andam agora em cima de mim porque tive nega num dos últimos testes e, como diz o meu pai, com o 12.º ano não se pode brincar.

Lembro quando andava na escola primária e caí de um pequeno muro. O meu pai foi avisado para a empresa, pensou que a queda tinha sido grave e eu teria de ir para o hospital. Quando chegou ao colégio e viu a altura do muro fartou-se de rir, ficou agarrado a mim a abraçar-me com muita força, acabei por deixar de chorar e fiquei a olhar para um dedo magoado, único vestígio da queda. Fui ter com um cirurgião, amigo da minha mãe, porque uma pequena pedra do chão do colégio tinha ficado presa ao meu dedo. O médico tirou aquilo num instante e disse que eu estava pronto para outra, comentário a que os meus oito anos não acharam piada nenhuma.

Na primária conta-se tudo à mãe. Chegamos a casa ranhosos, a escola não correu bem, um menino bateu-nos ou a professora embirrou connosco, lá está a mãe para ouvir e quase sempre pronta para nos dar razão. Lembro-me de, na quarta classe, ter passado um fim de semana a desenhar, sempre gostei muito de pegar num bloco sem linhas e desatar a fazer bonecos, o tema era livre e acho que fiz umas coisas giras, afinal a professora mal reparou, só teve olhos para o André. Ainda me lembro do desenho *que fez: como não sabia fazer nada de jeito e queria mostrar uma ida ao jardim zoológico, dividiu a folha branca em doze retângulos pequenos, colocou umas frases pirosas a imitar dedicatórias e escreveu, em letra desenhada, «Cemitério dos cães». A professora deu-lhe «Satisfaz bastante» e explicou que as frases estavam muito bem escritas, o trabalho mostrava que o André tinha capacidade de imaginação para trabalhar um tema livre e mais não sei quê que não percebi na altura. Para o meu trabalho, nem olhou com atenção e só me deu «Satisfaz». Cheguei a casa muito irritado e fui logo ver televisão para acalmar, felizmente nesse dia a minha mãe chegou cedo a casa e conversou comigo. O meu pai, não posso esquecê-lo, também se portou bem, porque quando soube da história colou o desenho numa cartolina verde e prendeu-a num quadro no escritório onde afixa todas as coisas importantes da semana.*

Quando começamos a crescer e a pensar mais no corpo, já não é tão fácil contar tudo aos pais. Lembro-me de uma sensação estranha que tive uma noite, tinha mais ou menos treze anos, falei depois disso com o Zé (o Zé sabe sempre estas coisas), que disse ter sido um «sono molhado» e para não me preocupar. Foi também com o Zé que desabafei, quando um colega do pai telefonou lá para casa e pensou que estava a falar com a minha avó. Fiquei muito atrapalhado quando percebi que ele achava que eu era uma mulher, não fui capaz de desfazer o engano e aguentei até os cumprimentos respeitosos com que o senhor se despediu. Não disse nada em casa sobre o que se tinha passado e fiquei à espera que o meu pai esclarecesse a questão com o colega e comentasse mais tarde, o que felizmente não aconteceu.

Tudo agora me parece distante. Não consigo recordar estas coisas do tempo de criança sem sorrir por dentro. Às vezes chego a ver-me como um homem, embora ache que já não vou crescer muito mais. Sinto-me bem ao pé dos meus amigos e não tenho problemas para arranjar raparigas. Sempre fui assim. Lembro-me de, aos catorze anos, ter saído pela primeira vez à noite, como era alto passei muito bem por dezasseis, até porque ia com gente mais velha. O porteiro da discoteca ainda olhou para mim de lado, mas dei um passo em frente com um ar decidido (por dentro, estava todo a tremer) e não olhei para trás. Fez-me um pouco de confusão aquela gente da noite, pessoas vestidas de modo esquisito, muita roupa brilhante e enfeites no cabelo dos homens e das mulheres, mas agora sinto-me muito bem nesses ambientes, a minha mãe diz mesmo que tenho a mania da noite e só sou grande depois da uma da manhã.

A primeira vez que curti com uma rapariga foi uma noite de sonho. Tinha catorze anos e uma vontade de viver do tamanho do mundo. Fui com amigos a uma discoteca e um deles trazia a namorada e uma amiga, que a princípio me pareceu gira mas convencida. Não liguei muito, mas não deixei de a olhar à distância, embora não percebesse porquê. O Pedro disse-me na casa de banho que a miúda me estava a controlar, mas não liguei muito, porque ele tem sempre a mania de que são as raparigas que nos engatam. À medida que a noite foi passando, as coisas começaram a aquecer e acabámos bem agarrados num canto da discoteca. Senti o corpo todo, uma espécie de arrepio pela espinha abaixo e um bocadinho de nervoso, com medo de não estar à altura e de a desiludir. O Pedro viu tudo e quando nos separámos para procurar um táxi disse-me «Parabéns, sei que foi a tua primeira curte».

Talvez tudo tenha começado nessa noite, este meu modo de arranjar com facilidade uma rapariga e saltar de umas para outras como se não se passasse grande coisa. A minha mãe diz que sou leviano, uma palavra que não sei bem o que significa, mas que deve ter alguma coisa a ver com as minhas várias namoradas. O pai diz que sou rapaz e que não faz mal, o problema era se fosse casado, sei que ele pensa de maneira bem diferente acerca da minha irmã. «O Nuno está a crescer, está a ganhar experiência de vida», costuma ele dizer para serenar a minha mãe.

As férias foram diferentes depois do 9.º ano. O meu pai sempre teve a mania que eu tinha de saber inglês e mandou-me para um colégio de férias em Inglaterra. Fui um pouco contrariado, porque tinha conhecido uma rapariga que me interessava e ficava sem entrar no torneio de futebol de salão com os meus amigos.

O colégio inglês foi uma surpresa. As aulas não eram a seca que eu receava, havia muito desporto e espaços relvados onde se podia estar à vontade. À noite aldrabávamos os monitores e íamos à vila mais próxima jogar nas máquinas e beber cerveja. Telefonava para casa de vez em quando, mas na verdade não tinha grandes saudades, nem me apetecia muito voltar. Lembrava-me das aulas da minha velha escola, professores velhos aos gritos e a falarem sem parar, nos intervalos tudo a monte debaixo de um telheiro esburacado, casas de banho malcheirosas com buracos a fazer de retretes, tudo farto, farto de lá andar. Em Inglaterra era possível falar sobre a vida, o ensino era muito ativo e os professores sabiam lidar connosco, mesmo quando havia problemas nas aulas ou nos intervalos tudo parecia resolver-se.

Dois dias antes do regresso passei a noite com uma rapariga. Chamava-se Catherine e vivia em Bruxelas. Falávamos em inglês com alguma dificuldade, mas a pouco e pouco percebemos que tínhamos alguma coisa a ver um com o outro e foi maravilhoso. Apesar de todas as curtes de que os meus amigos estavam sempre a falar, nunca tinha estado a noite inteira a fazer amor (o Pedro, claro, acha que não foi a noite toda, mas não me lembro de ter dormido). Às sete da manhã foi cada um para a camarata respetiva e deixámos impecável o gabinete do professor onde tínhamos estado.

A última noite foi ainda melhor. O diretor do colégio deu licença para jantar fora e ir ao cinema, fui com dois italianos, uma francesa e a Catherine a um bar na parte velha da cidade, o Cesare entendeu-se com a francesa e o outro colega regressou ao colégio mais cedo. O filme era sobre um rapaz com problemas familiares que tinha fugido de casa, mas como não tinha legendas não percebemos grande coisa. Voltámos para o colégio num táxi meio podre, um motorista escocês a falar todo o tempo, sem que percebêssemos exatamente de quê. Eu e o Cesare convencemos as raparigas a procurar dois sítios sossegados antes de regressarmos às camaratas e fizemos amor até ao amanhecer.

Nunca mais soube nada da Catherine. Como não sou de escrever cartas, não respondi à que me mandou. Ainda telefonei uma vez, mas a mãe disse que ela não estava. Sou sempre assim com as raparigas, deve ser por isso que estou agora com este problema.

O meu pai quer que eu vá falar com um psiquiatra. Tudo por causa da mesma questão.

Não me apetece ir falar com uma pessoa que não conheço sobre um problema tão íntimo. Tenho um colega que foi a uma consulta de psiquiatria e veio de lá cheio de remédios, disse-me que já não sentia nada quando estava com uma rapariga e o que me parece é que anda sempre pedrado. A minha avó Teresa está sempre a dizer que os psiquiatras não ajudaram nada no esgotamento do meu avô. O pai não é da mesma opinião e acha que se deve ir ao psiquiatra como se vai a outra consulta qualquer, hoje em dia esses médicos não tratam só malucos mas pessoas com problemas, não há dúvida que estou a precisar de desabafar.

Parece que o psiquiatra percebe dos problemas da malta nova, por mim tenho dúvidas, acho que as pessoas mais velhas só sabem dizer o que acham que devemos fazer, sem pensarem que talvez fosse importante ouvir a nossa opinião. E em relação ao meu problema não há muito a fazer, o que se poderia ter feito já não vai a tempo, tudo me parece arrumado e sem solução, esse é que é o sarilho. Vou outra vez falar com o meu colega que foi ao psiquiatra, preciso saber se são todos iguais, talvez o especialista de que o meu pai falou consiga ajudar-me sem químicos, já disse que não os tomo, espero que o pai tenha mais ou menos explicado o motivo da consulta.

Talvez o médico me consiga acalmar, não percebo por que sinto esta irritação, esta raiva que toma conta de mim e não me deixa dormir. Fico horas a olhar para o teto e a ver os minutos a saltar no radiorrelógio, só me lembro dela e da mãe, acordo de manhã com um sabor horrível na boca, não me apetece estudar, não me apetece comer, quero que tudo acabe depressa e tenha sido um sonho, quero que os meus pais me desculpem, talvez o psiquiatra me ajude...

Hoje é o dia em que vou ver o rapaz. O pai telefonou a confirmar a hora e o local e perguntou se queria falar com ele, achei mais prudente que o filho fosse recebido sozinho.

Há uma inquietação neste pai que me deixa alerta. O pedido de consulta é insistente, às vezes parece perplexo perante a situação. Disse-me duas vezes que o rapaz nunca tinha tido problemas, tudo tinha surgido de repente com a morte da colega, o que o preocupava era o filho não querer aprofundar o assunto. Embora tivesse compreendido o que lhe dissera sobre o suicídio dos jovens, continuava sem perceber a razão da quebra escolar do rapaz, até aí sempre com facilidade em ter boas notas.

Os alunos da Faculdade de Medicina vieram queixar-se da falta de um assistente, os delegados de informação médica sorriam à minha passagem, os doentes deambulavam pelos corredores sem nada para fazer. O Serviço continuava na mesma.

Entrou no gabinete e estendeu-me a mão com um ar sério. Sentou-se na borda da cadeira que indiquei e ficou a olhar para mim sem nada dizer. Esclareci-o sobre o pouco que o pai tinha contado e perguntei, como me ensinaram:

– Nuno, em que é que o posso ajudar?

Respondeu-me com um seco «não sei, se soubesse o que fazer não estava aqui». Deixei passar algum tempo e observei-o a percorrer o gabinete com os olhos castanhos rasgados, enquanto cruzava as pernas e ajeitava a fralda da camisa branca, usada por cima de uma *T-shirt* azul-escura e por fora de calças de ganga um pouco largas.

Recuei até à minha adolescência algures no velho Liceu Normal de Pedro Nunes, pardieiro decrépito ainda em funcionamento e que já nessa altura precisava de reforma. Lembrei quando fui chamado ao reitor, não porque tivesse tido algum ato de indisciplina, apenas porque tinha feito uma conferência sobre Albert Camus, a convite da ilegal Comissão Pró-Associação dos Liceus. O reitor não queria saber nada sobre o escritor, que aliás não conhecia, nem sobre o modo como tinha decorrido o colóquio. Só estava interessado em saber quem me teria dado ordem para falar.

Tinha a mesma idade do Nuno, neste momento sentado à minha frente com um olhar inquieto que lembrou o meu. Disse ao reitor que, apesar de novo, já pensava pela minha cabeça, e quem me tinha incutido o gosto por Albert Camus tinha sido a minha mãe, sua fiel leitora, em francês, desde há muitos anos.

O reitor passou o dedo indicador sobre o rebordo da secretária e disse-me que as atividades circum-escolares eram da iniciativa da reitoria, por isso é que tinha introduzido um Curso de Jornalismo pelo jornalista Dutra Faria. E que me abstivesse de mais iniciativas, sabia bem que eu integrava uma associação ilegal com ligações a movimentos comunistas. Tirei de dentro de mim, com todas as forças, um sorriso meio irónico e respondi-lhe que ouvir falar de Camus só poderia fazer bem aos meus colegas, talvez outras pessoas pudessem integrar o Curso de Jornalismo ou falar de outros escritores mais convencionais. E saí do gabinete à espera que ele não notasse o tremor das minhas mãos.

Pensei tudo isto sem me dar conta, vejo agora que o rapaz espera o meu olhar e umas palavras de encorajamento. Afinal aceitou vir, quando um adolescente aparece é porque tem coisas importantes para partilhar.

E comecei a ouvi-lo.

2

Tenho o psiquiatra à minha frente e não consigo falar. Não sei por onde começar, no fundo aceitei vir aqui porque o meu pai insistiu e não fui capaz de dizer não. O médico trabalha num sítio triste e mal decorado, não posso ter nada a ver com aqueles doentes que estão sempre a chamá-lo e a pedir coisas.

Como pode perceber o que se passou? Como conseguirá falar comigo sem me criticar, sem achar que sou um miúdo irresponsável, a fazer coisas sem pensar nas consequências (como costuma dizer a minha mãe)?

E de repente comecei a falar, quase sem dar por isso.

Estava em casa a jogar computador quando recebi aquele telefonema da mãe da Rita. A voz da senhora não me soou bem, mas no fundo mal a conhecia e não pensei em nada de especial. Combinámos um encontro num café do Campo Grande, estava a chover, não levei a mota e o autocarro demorou séculos. Agora, a falar com o psiquiatra, recordei nessa viagem o dia em que mudei da escola primária para a Escola Básica 2.3 da minha rua, estava agora muito mais perto de casa, a distância pareceu-me enorme. A minha mãe caminhou a meu lado até ao portão da escola, tive uma certa vergonha porque me pareceu que era o único que ia com a mãe, achei o edifício enorme e com ar pouco acabado, passei a entrada sem olhar para trás e fui-me orientando a pouco e pouco naquele labirinto. O professor de Português tinha por lema nunca sorrir até ao Natal e por isso dava uns berros ao menor sinal de confusão. As coisas só começaram a correr melhor na aula de Educação Física, sempre joguei bem à bola e fui logo escolhido para a equipa da turma.

A mãe da Rita estava sentada de costas para a porta do café e tinha umas chaves na mão. Quando me sentei na sua frente vi que tinha estado a chorar, pois tinha os olhos inchados e um lenço de papel amarfanhado em cima da mesa.

– Nuno, a Rita suicidou-se ontem e foi tudo por tua causa. Deixou esta carta para ti...

Batem as portas, em tons de suicídio, como se fossem um corpo...

O rapaz desviou os olhos e respeitei o silêncio que se seguiu.

Lembrei um jovem que me consultara há anos, sempre a dizer que não valia a pena falar porque já tinha tomado a decisão de se suicidar. Esteve internado no Serviço com vigilância reforçada, os enfermeiros chegavam a levar a cama para a sala de trabalho para poderem controlar melhor a situação. A certa altura, o pai exigiu que o Hospital se responsabilizasse dia e noite pela vida do filho, chamámos o gabinete jurídico e o pai não ficou satisfeito com a nossa proposta terapêutica. Acabou por levar o filho para uma clínica onde dizia ser possível tomar conta dele dia e noite. Uns meses mais tarde reencontrei o pai. Parecia ter envelhecido dez anos, disse-me em voz rouca que o jovem se tinha suicidado no dia do regresso a casa.

* * *

Vi tudo a andar à roda e apeteceu-me gritar pela minha mãe. Não, não pode ser verdade, a Rita não...

Não queria falar mais com a mulher, queria que me deixasse ir embora sem nada saber, para ir ter com os meus pais e contar tudo, mesmo tudo, ou então ir a correr ao encontro do Pedro e desatar a beber até ficar meio a dormir, esquecer, esquecer...

A mãe da Rita continuava a falar, agora lia a carta em que a filha dizia que me amava e que não podia viver sem mim, agora contava tudo ao médico que me ouvia em silêncio, sentia-me num caminho abandonado junto ao mar...

– Nuno, a Rita deixou-te o carro, podes ficar com as chaves e depois vais buscá-lo, está à nossa porta.

Senhora mãe da Rita, tenho só dezassete anos e sou um puto, não posso ter carta e só consigo guiar a minha motazinha, como posso dizer que sei o que está a sentir, mas quero esquecer tudo, a sua filha, a carta, o nosso encontro neste café, agora junto ao psiquiatra apetece-me de novo ir embora, sinto dentro de mim um alarme de uma dor tão forte, não sei o que hei de fazer ao meu corpo perante o perigo que estou a sentir, oh mãe, por que desligaste o telemóvel...

Deixei o café e apanhei um táxi para o emprego da minha mãe. Estava tão inquieto que atravessei a rua sem olhar, quase fui apanhado por uma carrinha.

Também me aconteceu o mesmo, Nuno. Também eu, psiquiatra de meia-idade e muita experiência que aqui tens à frente, fui menino e tive medo. Os meus pais foram buscar-me ao Liceu Pedro Nunes depois do exame de admissão ao Liceu. Fiquei tão contente que atravessei a Álvares Cabral sem olhar para os lados, despertei de um sonho com o ruído dos travões de um carro e os gritos da minha mãe. Queres continuar?

É nestes momentos que vale a pena ter mãe. Não perguntou nada e percebeu logo que alguma coisa grave se tinha passado. Mandou embora a secretária e ficou de braço dado comigo até eu ser capaz de falar. Quando acabei disse que compreendia. Não percebi bem o quê, mas o seu olhar tão sereno e a sua voz tão doce tiveram um efeito calmante.

Oh mãe, por que não te pedi a opinião mais cedo, antes de tudo começar? Tenho a certeza de que me ouvirias com atenção, ou então fazias de conta que não te interessavas e eu deixava tudo.

Olhei para o rapaz e pensei que não podia perder mais tempo. Quando acontece o suicídio de um jovem, devemos estar logo disponíveis para os colegas e amigos da pessoa que se suicidou. Existe uma ideia feita, a de que o melhor a fazer é não falar no suicídio, esquecer depressa e partir para outra, o tempo ajudará a tudo resolver. A investigação clínica tem demonstrado o contrário, sobretudo no campo da adolescência. Estão descritas situações de repetição do gesto suicida em jovens do universo relacional da vítima e, na mesma linha, em familiares daquele que se suicidou.

– Nuno, será que também tem tido pensamentos sobre a morte?

Vi logo pela sua cara que a pergunta não fazia sentido. Estávamos no início da nossa relação e ainda não tinha descoberto como criar proximidade com aquele jovem. Pensei que havia qualquer coisa importante ainda não dita. Havia duas hipóteses para prosseguir: analisar os últimos meses da vida da rapariga que se tinha suicidado, isto é, caminhar no sentido da realização de uma «autópsia psicológica», ou, pelo contrário, perceber o envolvimento do jovem no suicídio da colega. A inquietação do Nuno merecia uma atenção imediata. Não se tratava, por certo, de alguém que tinha sabido do suicídio de uma amiga, mas sim de uma pessoa que a vida colocara nessa encruzilhada.

Nuno mexeu-se na cadeira e desligou o telemóvel que eu não tinha ouvido tocar. Olhou para mim durante um momento, depois pediu licença para fumar um cigarro. Fiquei a vê-lo lançar o fumo para a sua direita, enquanto procurava um cinzeiro na secretária desarrumada.

Recordei a minha primeira entrevista para emprego, jovem interno do Internato Geral, pai de um filho recente e sempre com desejo de não trabalhar muito. Mandaram-me falar com um senhor poderoso, alguém que coordenava as consultas de especialidade das então chamadas Caixas de Previdência.

O médico importante recebeu-me num gabinete cheio de papéis, atrás de uma secretária metálica como era moda no início dos anos setenta, retratos de Salazar e Américo Tomás por cima da sua cabeça. Ofereceu a possibilidade de uma consulta de crianças, uma vez que já tinha feito o internato da Pediatria com boa classificação. Falei da minha pouca experiência como médico recém-formado, afinal que problema isso tinha, também ele tinha começado com crianças, até se lembrava do primeiro doente, um menino que gaguejava.

– Sabe o que fiz, caro colega? Mandei-o treinar a fala com dois rebuçados na boca, e não é que o raio do miúdo deixou de gaguejar?

Aceitei o emprego por pouco tempo, passava a vida a perguntar coisas à colega do lado, médica experiente com idade para ser minha mãe, ou a levar as histórias clínicas e os exames para o Hospital, em busca de respostas às minhas dúvidas junto de colegas mais velhos.

Olhava agora para o rapaz à minha frente, pensei como é diferente a adolescência de hoje, aos dezassete anos pensava em política e na Pró-Associação dos Liceus, os jovens de agora herdaram escombros, fragmentos de ideologias, restos de casamentos, doenças e morte e, no entanto, querem cada vez mais viver o momento...

O telefone do gabinete tocou, uma jornalista a pedir dados recentes sobre anorexia nervosa, sem dúvida a doença da moda, embora se saiba tão pouco sobre ela. Procurei resolver depressa as dúvidas, o Nuno agora ia começar a falar, será que conseguiria criar a intimidade necessária a uma relação terapêutica?

Mais recordações surgiram. Lembrei-me das entrevistas para escolha do meu grupanalista, procurava resolver as minhas inibições com um discurso preparado, em que explicava o gosto pela Psiquiatria a partir de uma professora de Filosofia de que tinha gostado muito. Um dos entrevistadores não hesitou no diagnóstico – «Falismo adolescente, bem longe de uma integração plena das suas aspirações, caro amigo», foi a frase lapidar que me dirigiu sem hesitar, propondo o início imediato de uma grupanálise três vezes por semana. Preferi outro terapeuta menos convencional mas mais empático, homem grande com sorriso de menino e vontade de pôr tudo em causa.

Como posso explicar tudo o que se passou? Como pode um homem desta idade compreender este bocado da minha vida? Valerá a pena começar?

E, ao mesmo tempo, apetece-me falar. Nada me dá gozo agora. Sinto um peso no peito como se não pudesse respirar, acordo às três da manhã e não consigo voltar a dormir, fui com o Pedro ao MacDonald's e não consegui comer tudo.

Vou dizer que tudo começou quando nos conhecemos. O Pedro tem a mania de apresentar as pessoas e arranjar novas amizades, quis por força combinar uma ida ao cinema. Levei a minha irmã, que só tem quinze anos mas gosta de alinhar connosco, estava à espera que o Pedro aparecesse com a rapariga com quem andava, mas ele gosta de alterar tudo e convidou também a Rita. Não senti nada de especial quando a vi, achei-a gira mas igual a muitas outras. Gostei da sua cara achatada e tranquila, das calças largas e da camisa à rapaz, dos olhos verdes sempre a sorrir. Discutimos logo à saída do cinema, ela e o Pedro quiseram fazer uma análise séria do filme, na verdade achei que o realizador apenas nos procurava surpreender a cada passo. Soube que estava a repetir o 12.º ano porque não tinha tido notas para entrar em Arquitetura.

– A Rita gramou de ti – disse-me o Pedro assim que ela nos deixou no café ao pé de casa e acelerou o seu Punto sem olhar para trás (o Pedro tem uma predileção por miúdas com carro).

Na verdade, não senti nada de especial. Ainda tinha a cabeça cheia da Mónica, tínhamos acabado tudo há um mês, chateei-me porque não gosto que estejam sempre a criticar, já bastam os pais e os professores. Foi um acabar difícil, mas fiquei tranquilo, embora a Mónica fosse uma rapariga gira. Noutro dia ouvi a minha mãe dizer a uma amiga que eu estava sempre ao telefone e que me ligavam dezenas de raparigas. Deve ser por isso que ela nunca me dá dinheiro para carregar o telemóvel, felizmente a avó Teresa não se esquece de deixar uns trocos todas as semanas.

Sinceramente pensei que não se ia passar nada entre mim e a Rita. O Pedro bem se fartava de dizer que ela *perguntava por mim, mas não se pode levar a sério tudo o que ele diz.*

Encontrámo-nos uma semana depois numa festa de anos. Durante a noite fiquei com a ideia de que me estava a controlar e resolvi dar-lhe um pouco de atenção. Não gostava de futebol mas gostava de música, curtia um charrito de vez em quando, como a maioria dos meus amigos.

Estava uma noite quente, os testes tinham sido uma seca e não apetecia voltar cedo para casa. Falámos durante muito tempo, a Rita encostada à varanda, a inclinar-se de tal modo para trás que por vezes tive medo que caísse, eu de pé junto à porta, de modo a mantê-la semicerrada, para impedir que outros saíssem da sala. Contou que o pai se tinha ido embora de casa há um ano. Não conseguia encarar a namorada dele, mulher nova e agressiva sempre a criticar tudo e todos, limitava-se agora a encontrar o pai em momentos obrigatórios em restaurantes de segunda. Disse-lhe que comigo estava tudo bem e os meus pais eram porreiros.

Não sei bem porquê, a certa altura a química funcionou e curtimos ali mesmo. O Pedro deve-se ter apercebido de tudo, como de costume, porque quando me acompanhou à mota fez um sorriso de entendido. Pensei que as coisas tinham ficado por ali.

No dia seguinte acordou-me pelo telemóvel. Disse que não tinha dormido a pensar em mim e que tinha um livro para me oferecer. Estava com muito sono e copos a mais, fiquei a pensar no que aquilo poderia querer dizer, achei melhor desligar rápido e dizer que depois falaria.

Quando acordei senti o cheiro dela e lembrei o seu corpo contra o meu. Pensei esquecer tudo no duche e numa coca-cola, mas aconteceu o contrário. Não me saía da cabeça aquela deliciosa cara achatada, nem o seu sorriso ao canto da boca. Também lembrei o olhar do Pedro e o seu silêncio, era sempre assim quando achava que o assunto era importante e íntimo, mostrava que tinha percebido tudo mas esperava que eu fosse o primeiro a falar.

«Batalha pela iniciativa», dizia o meu mestre americano Carl Whitaker, para trás e para a frente na cadeira giratória do seu gabinete em Madison, Wisconsin, no longínquo ano de 1980. Quando iniciamos uma relação terapêutica, individual ou familiar, é importante devolver a iniciativa ao doente/cliente e à sua família. Já há vinte anos Whitaker punha em questão os princípios rígidos da primeira cibernética, o período inicial de desenvolvimento desta ciência sobre os mecanismos de comunicação entre os sistemas. Nessa altura estava em voga a ideia da estabilidade dos sistemas, o terapeuta familiar era alguém caracterizado pela neutralidade, capaz de compreender as razões da disfunção familiar e apto a causar a mudança necessária, para que à família fosse possível voltar ao ponto de equilíbrio alterado pelo aparecimento da crise. Os terapeutas esforçavam-se por desenvolver técnicas terapêuticas capazes de modificar as interações familiares responsáveis pelos sintomas e as terapias individuais visavam compreender o papel do indivíduo na família, considerando os sintomas como reflexos dos desequilíbrios dos sistemas. Os quadros sintomáticos tinham um novo responsável, a família, que era preciso fazer interagir de outro modo. O indivíduo estava então posto um pouco de lado e a história da família talvez esquecida.

A prática de Carl Whitaker foi desde sempre caracterizada pela inovação e criatividade. Olhava para a família e não tinha pressa em introduzir uma técnica terapêutica, podíamos dizer que se ligava às pessoas na tentativa de coconstruir uma nova visão do mundo. A sua atitude não era mecanicista, pelo contrário, procurava (às vezes de modo inconsciente) um processo coevolutivo, na linha daquilo que se viria a designar como segunda cibernética, caraterizada pela importância do papel do observador na construção da realidade em análise. Tal como se compreenderia mais tarde nesse segundo período, Whitaker achava que não existiam sistema observador e sistema observado, mas sim sistemas observantes. Quando se virava para o pai e pedia *Father, tell me about the family*[1], tentava atingir a visão da família sobre si própria, para em seguida compreender a sua autonomia e individualidade.

Nas consultas individuais que muitas vezes antecediam as terapias familiares, Carl Whitaker tomava notas e fazia poucas perguntas. Procurava compreender como o indivíduo se tinha (ou não) autonomizado da família de origem e como tinha sido possível construir a sua realidade. Os sintomas do doente eram considerados como esforços de crescimento, na luta pela diferenciação do eu individual. Ao terapeuta competia compreender o desenvolvimento específico daquela pessoa, perspetivá-lo na complexidade da sua família e coconstruir uma nova realidade. A história da família através das várias gerações era essencial para o trabalho de Whitaker, sempre atento ao modo como eram desempenhadas as funções parentais ao longo dos tempos e à maneira como a personalidade do terapeuta ia emergindo ao longo da terapia. É deste modo que Whitaker vivenciava a sua própria evolução no processo terapêutico, atento às mensagens vindas do seu interior, que reatualizava na relação com o doente. O *self* do médico tornava-se, assim, um dos ingredientes essenciais da terapia.

Estavas agora à minha frente, Nuno, e tinhas começado a tua história. Invejei por momentos o teu à vontade a falar, como eras capaz de descrever o envolvimento

[1] Pai, fale-me sobre a família.

com uma rapariga sem receio de te expores, como conseguias contar o que se tinha passado sem estares sempre a interpor ideias moralistas. Quando tinha a tua idade, sabes, as raparigas fugiam um pouco de nós, em risinhos abafados, quase não tinham autorização para sair à noite, nem para ter um carro aos dezoito anos, como a Rita de quem acabaste de falar. Nas férias da Praia das Maçãs jogávamos canasta, fazíamos piqueniques nos pinhais e íamos a pé para a praia, muitas vezes com hora marcada e sem grande variação. Como existia a mania da política, fazíamos comunicados contra grupos rivais, considerados fascistas, porque defendiam Salazar e a Mocidade Portuguesa. Depois esquecíamos as coisas sérias, passeávamos na Praia da Aguda sob um céu quase sempre enevoado e alimentávamos os nossos namoros em noites discretas naquilo a que chamávamos *boîtes*, expressão que hoje vocês consideram ridícula (sabes, Nuno, a discoteca A Concha ainda lá está, bem junto à piscina da Praia das Maçãs, e oferece agora «techno and trance» na noite de Sexta-Feira Santa).

Vou dar-te a iniciativa, Nuno, como recomendava o meu mestre. Deixarei crescer dentro de mim a recordação dos dezassete anos, assim vou poder ficar mais próximo, embora certo das diferenças do meu passado e do teu presente. Mais tarde vou decidir contigo a melhor forma de evoluirmos em conjunto, o processo mais correto para te ajudar a olhar de modo diferente os factos que te constrangem e provocam a inquietação que vislumbro em ti. Pode ser que seja necessário chamar a tua família, depois da iniciativa do teu pai e da tua concordância será a minha vez de lutar por um quadro de referência que possibilite o nosso crescimento (Whitaker falava da batalha pela estrutura).

Não posso deixar, é claro, de pensar nos teus familiares. Afinal foi o teu pai quem me contactou, preciso em breve saber como os factos que parecem preocupar-te foram selecionados pelos teus, o que fizeram das informações que levaste para casa acerca do teu problema (que eu ainda não sei bem qual é), como estão as finalidades do conjunto a coexistir com a ânsia de independência que se desprende do teu olhar. Nada sei dos teus avós, por exemplo, até que ponto esse teu ar moderno e desportivo vem mais de trás, o teu pai ao telefone pareceu-me tão formal...

Acho o médico um pouco distraído, bem me diziam que os psiquiatras não batem bem. Vejo os seus olhos descaídos e um pouco tristes a deambular pelo gabinete, agora surgem de novo mais próximos. Talvez devesse ter ido antes a um psicólogo, assim tinha a certeza de que não me daria químicos, também se este gajo mos der não os tomo.

E, apesar de não me sentir à vontade, tenho a certeza de que me fará bem falar. Não chega contar tudo ao Pedro. Um amigo verdadeiro como ele aceita tudo, mas talvez não ajude tanto a pensar. Afinal o Pedro tem a mesma idade que eu e gostos bem parecidos. E, depois, tenho aquele problema com a minha família de que ainda não falei a ninguém.

Durante dois dias continuei a sentir o cheiro dela e a não saber muito bem o que fazer. Com outras raparigas não teria dúvidas, arranjaria maneira de passar uma noite com elas sem que isso tivesse grande significado. Noutro dia, num colóquio lá na escola, uns senhores de uma associação qualquer foram falar da pílula e do preservativo, fiquei com a ideia de que achavam o sexo uma coisa muito complicada. Acho que não, não sei se com as raparigas é o mesmo, eu e os meus amigos levamos tudo numa boa, para que havemos de nos preocupar com o futuro se podemos viver bem o dia de hoje.

Só contei ao Pedro o que se passou com a Catherine e não falei a mais ninguém sobre a Mónica, não acho bem aqueles pormenores que se contam na escola, às vezes fico na dúvida se os meus colegas estão a dizer a verdade. Já há tempos que queria ir para a cama com a Mónica, andávamos há três meses, um verdadeiro recorde para mim. Avançávamos cada vez mais quando estávamos juntos, andava com a cabeça cheia de vídeos que via em casa do Pedro e do João, achava que com quase dezassete anos era altura de ter uma nova experiência. A Mónica dizia que gostava muito de mim mas não era ainda a altura, precisávamos de nos conhecer melhor e ter a certeza de que gostávamos um do outro (as raparigas costumam repetir estas coisas, ao que oiço para aí dizer). E o tempo foi passando. Às vezes falava no assunto e ela não punha de parte a ideia, só que também não tínhamos grandes oportunidades, as aulas, os pais em casa, sabe-se como é com a malta nova. E então, de repente, tudo se precipitou. Os pais da Mónica foram passar um fim de semana fora, fui lá jantar já com essa ideia na cabeça, mandámos vir comida chinesa para ela e uma pizza *para mim, pus uma música especial como vi fazer nos filmes e... foi tudo natural. O momento mais difícil foi despir-me ao pé dela, os rapazes da minha idade têm medo que as mulheres os achem sempre um pouco ridículos, felizmente estávamos tão envolvidos que tudo correu bem.*

Fiz amor com a Mónica mais algumas vezes, até que perdi o interesse, como sempre me costuma acontecer com as raparigas. Tenho um enorme prazer em começar a andar, depois farto-me. Não tenho nada a apontar à Mónica, uma miúda porreira, a culpa deve ter sido minha, como não me apetecia combinar nada, ela telefonava e passávamos a vida a discutir. Havia momentos em que gostava mais de estar com os meus amigos do que com ela. Fisicamente corria bem, a Mónica é muito gira, sempre gostei de ver os rapazes olharem para as raparigas com quem ando, mas a certa altura não tinha nada para falar, quando ela queria conversar sobre o que se passava eu não encontrava qualquer explicação. Acabámos num café da Avenida de Roma, numa tarde de chuva que não consigo esquecer. O que mais me impressionou foi, uma vez mais, não ter nada para comentar. A Mónica levou-me um postal muito bonito, dois pássaros entrelaçados, senti uma terrível tristeza e um abandono, só me apetecia acabar a conversa e dizer que ficávamos amigos para sempre. Ela olhava-me com os olhos cheios de lágrimas e perguntava se não havia hipótese, tinha a certeza de que gostávamos um do outro, talvez pudéssemos dar uma volta às nossas vidas e fingir que começávamos tudo de novo, eu continuava em silêncio, lembrava-me de conversas sobre mulheres com o Pedro e o João, as curtes nas discotecas do Algarve...

... ir embora dali, deixá-la com alguém que a tratasse com ternura, uma pessoa que me pudesse substituir e libertar de vez, partir para outra, ou então ficar uns tempos sem compromissos, como o João achava que devia ser porque tínhamos tempo para coisas à séria...

... a Mónica desconfiada de que havia outra rapariga na minha vida, não percebia que o que se tinha passado no Algarve nem sequer era contra ela, curtes de discoteca, enormes fogueiras nas noites de praias desertas, dançámos quase todo o verão, o tempo passava a correr e não havia um minuto para pensar, viver o momento, deixar o álcool comandar as nossas vidas, vencer a noite e adormecer quando as mães levavam os bebés para a praia, o meu pai a telefonar-me às duas da tarde e eu ainda a dormir, Nuno prepara-te que a seguir tens o 12.º ano...

«*Quand vient la fin de l'été, sur la plage*», cantávamos nós no início dos anos 60 ao som dos Chat Sauvages, amores desprendidos e recomeçados um ano depois, nos fins de tarde da Praia Grande. Agora, Nuno, já te conheço melhor, pareces-me um adolescente dos dias de hoje, afinal quando deixarás abrir o teu coração e contar o que te inquietou?

3

Estive uma semana sem falar com o Nuno. Os alunos da Faculdade de Medicina apareceram mais uma vez a criticar a nova reforma do ensino, nunca mais se ouviu falar de ratos no Serviço e a vida hospitalar decorreu sem sobressaltos.

Pensei nele uma tarde, antes da reunião clínica da Equipa da Adolescência, quando esperava por psiquiatras apressados para concluir as consultas da manhã.

O nosso encontro estava marcado para daí a dois dias, será que o rapaz estaria disponível para continuar sem aquela reserva ainda visível no seu discurso? Como poderei pô-lo à vontade, fazê-lo sentar numa cadeira não muito distante nem demasiado próxima, de modo a permitir que olhe para mim só quando quiser, sem se sentir ameaçado pela minha presença? Que tipo de linguagem usar? Esperava não ceder à tentação de usar calão juvenil, como alguns técnicos desejosos de popularidade...

A verdade, Nuno, é que esta história do *generation gap* continua a não ser fácil. As gerações estão mais próximas, o pai autoritário que aparecia ao fim do dia para castigar e impor a ordem tem os dias contados, somos hoje capazes de abordar temas em conjunto com muito maior à vontade. Mas a uma relação de ajuda como a nossa pede-se bastante mais, é preciso criar uma zona de intimidade nem sempre fácil de alcançar, sobretudo não sei lidar com as dúvidas do teu pai, como naquele telefonema de ontem.

– Professor, o Nuno gostou de falar consigo mas continua a dormir mal e está muito desinteressado das aulas. Sugere alguma coisa?

– Sugiro que fale com ele, metacomunique, como diria Bateson, isto é, não deixe morrer a conversa mesmo que não encontre logo tema para a desenvolver, quando estamos com dificuldade com alguém podemos assinalar e especificar o contexto da nossa interação. Também eu ainda não cheguei ao coração do seu filho, é certo que quando se sabe de um suicídio de uma pessoa mais ou menos próxima ninguém pode ficar indiferente, mas há algo que nos escapa, não é verdade?

»Proponho que fique ao pé dele em silêncio, pontuando de vez em quando as suas falas, não tenha pressa em perceber tudo. Aproveite aquele ar tão característico, quase sentado nas costas, pernas um pouco abertas à jogador de futebol, braços compridos a tocar o chão, é nessa altura (já reparei) que ele procura espaço para falar de si, pode ser que então surjam dados novos. Estou a dar sugestões mas eu próprio estou perdido, os manuais de Psiquiatria não ajudam neste caso, o seu filho não preenche critérios de doença mental e por certo cotaria abaixo do valor mínimo na escala psicopatológica. Sabe, por experiência própria (tem dois filhos jovens, o Nuno e a irmã), que os pais de filhos adolescentes se sentem às vezes postos de lado, os colegas têm uma importância grande e sei que o seu filho tem muitos amigos. É importante que consiga encontrar dentro de si a maneira de ser pai de um filho que se está a transformar depressa num adulto, veja como ele fala da noite e das raparigas, já deixou para trás o Nuno da infância que se punha ao seu colo e ficava satisfeito com qualquer resposta.

»Pela minha parte, aguardo a nova consulta para o compreender melhor, para que ganhe confiança na relação comigo. Para isso vou ter de lhe contar este nosso diálogo ao telefone, não é possível criar proximidade com o Nuno a falar nas costas dele, talvez proponha uma reunião com toda a família. Está de acordo em vir?

Tive dificuldade em ouvir a resposta, a enfermeira chamou-me, um jovem pela primeira vez na Consulta de Adolescentes não se queria sentar em frente do psiquiatra e protestava com o atraso dos médicos.

Entrevistei um rapaz alto e muito inquieto, enquanto o psiquiatra mais novo tomava notas e abria a janela, deixando entrar o ruído do parque de automóveis e os protestos à porta da Contabilidade do Hospital. Também tu, Nuno, queres parar e correr ao mesmo tempo, ficar sentado a falar com toda a tranquilidade ou levantar-te para ir embora sem nada dizer do que te sufoca. O psiquiatra jovem questionou-me sobre diagnóstico psiquiátrico, a sua dedução estava correta e revelava inteligência, mas de que serviria se o adolescente não quisesse voltar à consulta?

– Se a relação está estabelecida as pessoas não faltam, vêm até de muito longe se for preciso – disse mais tarde a Nazaré Cristina, à procura de um cone de papel para deitar a cinza do eterno cigarro.

Tens toda a razão, minha amiga, o problema é que em tantas consultas de Psiquiatria a relação não chega a estabelecer-se, o psiquiatra quer encaixar tudo em escalas e manuais com critérios objetivos de diagnóstico, verifica-se esta doença se estiverem preenchidas três das seguintes condições, aqui tem um comprimido para o seu problema...

Que condições preencheste dentro de ti, Nuno? Como é que o teu à vontade com as raparigas não permite agora esquecer a morte da tua colega e partir para outra, como fizeste com a Mónica? O teu amigo Pedro não consegue arranjar novos momentos, outros encontros de amor e amizade como sempre fez?

O rapaz, de pé, aceitou voltar, determinou a data e a hora e pediu pontualidade. Ainda não está na altura de discutir com ele as regras, não sei se a sua visão do mundo pode crescer em contacto com a minha, o jovem psiquiatra ficou um pouco perplexo com tudo isto e foi-se embora a correr.

Preciso mesmo de falar com o médico, embora não saiba como começar.

Aconteceu tudo numa vertigem. A Rita começou a telefonar-me várias vezes por dia, a combinar encontros, a propor programas, às vezes apenas para dizer olá. De início pensei que devia estar só e com problemas familiares, procurei apenas dar umas dicas sobre a sua vida e pouco mais.

Um dia mandou-me uma mensagem escrita para o telemóvel: «a escuridão em que me queres deixar rouba-me a vida». Achei isto muito forte. Foi a primeira vez que a associei com a ideia de morte, fui a correr pedir a opinião da minha amiga Leonor. O Pedro acha que ela é feia e vai ficar para tia, eu acho que a Leonor é tão inteligente que há de seduzir um homem com a sua cabeça. A Leonor disse que era uma bela declaração de amor, não acreditava que se poderia morrer de amor?

Leonor, isso só acontece nos filmes. Eu procuro viver o momento, sei lá se amanhã vai haver uma guerra nuclear ou um tremor de terra que dá cabo desta merda toda. Não consigo fazer planos com os meus pais e com os meus avós, para dizer a verdade não faço ideia se vou gostar do curso de Estudos Portugueses que, no final deste ano, porei como primeira opção na escolha universitária. Morrer de amor?

E qualquer coisa me atraía e repelia, pensava desligar o telemóvel, dizer que não me telefonasse mais, queria voltar ao amor tranquilo da Mónica, andar de discoteca em discoteca a observar a noite de Lisboa, concentrar-me nas aulas e melhorar as notas para que os pais deixassem de se preocupar...

A Rita escrevia muito bem, deixava recados de amor presos no travão da minha mota, apareciam mensagens na mochila sem eu saber como, num instante ficou amiga do Pedro e sabia sempre onde eu estava.

Quando fui ao Meco com o João, o Pedro e a Leonor, a Rita apareceu lá. Estávamos num bar junto à praia a comer perceves e a beber cerveja, de repente estava ao pé de mim. Nunca percebi como lá foi ter, num sábado de sol, filas na ponte sobre o Tejo e o Meco cheio de carros estacionados nos parques, centenas de pessoas numa nostalgia de fim de verão. Há muito tempo que não ia ao Meco, tinha sido mais uma ideia do João, talvez do Pedro para que a Rita me encontrasse noutro sítio.

Pela primeira vez achei que estava linda. Tinha prendido o cabelo sobre o lado esquerdo e trazia uma máquina fotográfica na mão, parecia uma repórter de televisão num programa sobre o ambiente. Os meus amigos deixaram-nos sós – foi assim que tive a certeza de que estava tudo combinado – e conversámos sobre nadas até ao fim da tarde.

Fez-me sair da praia no seu Punto, *mal tive tempo de encontrar o João para lhe pedir que levasse a minha mota, as filas de carro a sair da praia não pareciam incomodá-la. A certa altura deixou cair que estava sozinha no Meco e que eu poderia lá ficar.*

Rita, deixa dizer-te uma coisa. Quando entrei em tua casa apeteceu-me ir embora, voltar para os meus amigos, fugir de compromissos, não prometer nada a ninguém. Tinha medo de ficar demasiado perto de ti, do teu amor que adivinhava absoluto, apetecia-me entregar ao silêncio, fugir do perigo que o meu corpo sentia. O nosso destino passava por aquele encontro e eu sabia-o. Não esquecerei nunca a tua firmeza em reter-me, a custo escondida numa doçura que não conhecia em ti.

Por momentos desejei devolver-te um amor assim, ficar contigo e com a claridade do Meco que guardavas nos teus olhos, manter-te junto à profundidade do mar. Senti que tinhas percorrido um caminho ao meu encontro, a perguntar o meu nome no pátio da escola ou à porta das discotecas, de repente uma sensação de fim da terra, quis de novo ir embora e deixar-te, ser pequeno outra vez e procurar a minha mãe. Como estavas linda e não conseguia dizer nada, era improvável que conseguisse exprimir o que sentia, por isso deixei crescer a ilusão dentro de mim e fizemos amor no chão da sala, linhas fugidias das luzes da televisão que deixaste acesa a iluminar o teu corpo, fragmentos de um muro em ruínas a aparecer na janela.

Nessa noite tive um sonho estranho, que nunca contei a ninguém. Estava sozinho numa praia e havia muito vento. Do meio do mar surgiu um enorme animal, que depois atravessou a praia sem dar pela minha presença. Reparei que tinha duas grandes asas e que levantou voo num instante, a areia da praia ficou revolta e começou a chover. Acordei com muita fome e, meio perdido, só fiquei calmo quando bebi um pouco de leite que encontrei na cozinha.

Fantasma pré-genital em adolescente à procura da sua identidade, gritaria o velho psicanalista em reunião clínica de um Serviço de Psiquiatria, há muito convertido à Psiquiatria Biológica. Olhei para o Nuno e lá estava ele, orelhas vermelhas e olhos brilhantes, por momentos vi-o mais velho, tinha perdido o ar de garoto do costume e falava finalmente comigo sem grandes receios, a intimidade que pretendia começava a esboçar-se. Percebia agora a sua opção pelos Estudos Portugueses, o rapaz sabia descrever o que sentia, o que ele tem é *insight*, tornava o psicanalista.

E, ao mesmo tempo, sentia-o cansado. Fazia pausas prolongadas entre as frases e a respiração, por vezes ofegante, só se aquietava depois de um cigarro. Que estaria a sentir? Um novo corpo, o fim da infância, a luta pela autonomia, a dúvida sobre se valeria a pena continuar (com a Rita, comigo), a raiva que existe nos jovens quando não se sentem livres, a rutura com a Mónica... A sensação permanente de que algo me escapava continuava a invadir-me, a tomar conta de mim e a impedir-me de viver com ele um relacionamento livre. É nestes momentos que invejo os psiquiatras dos remédios, só precisam descobrir sintomas-alvo, critérios de diagnóstico e efeitos das pastilhas e eletrochoques. Vou falar-lhe da nossa relação, perguntar se consegue agora falar mais à vontade comigo, parece-me que sim, não posso esquecer a sua noite de amor com a Rita...

Rapazes e raparigas nas escolas secundárias à espera de que alguém fale com eles, professores assustados a pretextar falta de informação sem a procurar ali mesmo ao lado, militantes do movimento da educação sexual a não serem capazes de falar de afetos, num discurso cada vez mais mecânico que os deixará a falar sozinhos, pais cheios de dúvidas, acossados por uns média insaciáveis a responsabilizá-los por tudo, políticos em discursos ocos sobre a irreverência da juventude, afinal tudo pode ser mais simples se ganharmos algum tempo a falar uns com os outros, ouve, Nuno, apesar de o telefone tocar de vez em quando e de o meu letreiro «NÃO bata à porta sff» ser tantas vezes esquecido, tenho tempo para ti, quero saber como evoluiu a tua história de amor, se foste capaz de vencer as tuas dúvidas, o que correu mal...

... estás aqui à minha frente porque alguma coisa não está bem. Se estivesse bem não estaria aqui, repetia aquele doente de que tinha medo no início do internato hospitalar de Psiquiatria, coloca-te sempre atrás da secretária, se algum doente for agressivo contigo podes sempre atirar-lhe a secretária para cima, repetia sem cessar o psiquiatra mais velho, não, não tenho vontade de te atirar com nada, Nuno, apetece-me só ficar quieto a ouvir a tua narrativa, afinal como evoluiu?

– Começou tudo a correr mal no dia seguinte. Deixei crescer dentro de mim um fascínio indeciso, queria estar com a Rita e afastar-me para sempre, o meu rosto encontrava à noite o dela em sonhos agitados que me deixavam esgotado. Estava quase sempre alerta, como a defender-me de um perigo que não conseguia concretizar, dominava a minha angústia com cigarros e álcool. Não a amo, não a posso amar, foi uma curte e um caso sexual, tenho dezassete anos e não sei o que é o amor, vou-me embora de vez, quero voltar ao colégio inglês e estar de novo com a Catherine, vou agradar aos meus pais e vencer o décimo segundo ano, ser professor universitário de Literatura Portuguesa, talvez mais tarde publique um livro e seja célebre..., para isso preciso de paz, arranjar uma miúda que não exija muito de mim, descansar.

»A Rita começou a andar atrás de mim e eu a fugir. Bem explicava ao telefone que tudo tinha corrido o melhor possível, mas que não gostava o suficiente para poder andar com ela. Disse até um dia que os rapazes eram diferentes das raparigas, como tinha aprendido lá na escola, por isso não se prendiam tanto, estava a ser sincero e não queria gozar com ela. Respondeu-me *com um longo mail*, de que recordo o final: «Estou à espera do último pôr do Sol, prefiro o silêncio a todas as palavras do mundo, não sei o que se passa mas não suporto a ferida que as tuas fugas me provocam, com amor, Rita.» Mostrei a carta à Leonor, respondeu-me com uma frase do *Principezinho* – o essencial é invisível para os olhos –, que me deixou mais confuso que nunca.

»Uma semana depois daquela noite disse pela primeira vez que se ia matar.

»Naquele momento não liguei muito, agora vejo que a deveria ter levado a sério, o que me faz sentir cada vez pior. Mas o professor sabe que muitos jovens falam nisso e não quer dizer nada, são desabafos de momento que desaparecem no dia seguinte.

»Também não podia dar grande importância, se o fizesse ficava cada vez mais preso, o que desejava era libertar-me sem sofrimento daquela relação que me sufocava. Tentava ser calmo como o meu pai, racional como me aconselhava tantas vezes, dizia frases banais como a vida vale a pena, ao mesmo tempo que repetia não me querer prender, pode ser que um dia nos encontremos e haja condições para tudo recomeçar. Uma noite sonhei que estava numa serra e que a Rita aparecia ao longe, toda vestida de branco, corria atrás dela mas não conseguia alcançá-la, vi penhascos junto ao mar, precipícios, animais moribundos, anoiteceu de repente e senti-me perdido.

»Lembro que um dia estava à minha espera à saída das aulas. Chamei logo pelos meus amigos para não a enfrentar sozinho. Achei-a mais magra e com ar abandonado, apeteceu-me gritar *take care*, como ouvi ao Tom Cruise num filme americano.

»– Dá-me uma oportunidade, Nuno, dá-me só uma oportunidade. Não consigo esquecer-te, só me apetece morrer, se calhar é a última vez que estás a olhar para mim.

»Os meus amigos afastaram-se, apeteceu-me subir para a mota e desaparecer, deixá-la sozinha junto ao portão da escola até que a noite chegasse e um sem-abrigo lhe fizesse medo, partir, fugir para sempre, ao mesmo tempo voltar atrás e ao Meco, amá-la de novo um dia inteiro e depois deixá-la de vez, fumar um charro com os amigos sem contar mais nada, guardar para sempre dentro de mim o seu cheiro e o seu sorriso.

Não, não quero ouvir falar mais da morte e do teu amor, quero um dia reencontrar-te quando tivermos mais de trinta anos, casados com outros e com um filho cada um, nessa altura talvez seja capaz de gostar de ti, se ainda me amares deixaremos tudo por um dia, voltaremos ao Meco e dormiremos junto ao mar...

No dia seguinte a Leonor acordou-me pelo telemóvel. Tinha estado com a Rita e achava que ela precisava de ajuda. Um caderno da escola com o meu nome escrito dezenas de vezes, pedaços de letras de canções a falar de amor e de morte, pedidos insistentes para não contar nada a ninguém.

Mais não, não aguento mais. Como explicar à Leonor que foi bom mas acabou, não me importava de repetir uma só vez para sentir tudo de novo, sei que isso não é possível porque a Rita se ligou, mas para mim foi só uma noite, já nem o Pedro percebe isto. Leonor, eu e a

Rita acabámos, a verdade é que nem chegámos a começar, sabes bem que nunca andei com ela, quantas vezes nos viste sair depois daquele sábado no Meco? Vou ter de desligar, estou cheio de sono, hoje só tenho aulas à tarde e preciso dormir mais, sabes que ando a dormir mal.

Não ter coragem para dizer à Leonor que se a Rita se matar o problema não é meu, fazer amor com uma rapariga não quer dizer que seja obrigatório andar com ela, nunca prometi nada nem forcei coisa alguma, aconteceu apenas e foi bom.

– Passei o dia a fugir das pessoas, sem atender os telefonemas e quase sem comer. Vi um filme no vídeo de que não gostei, pensei contar alguma coisa aos meus pais mas desisti.

»À noite a Rita telefonou-me para casa:

»– Acho afinal que apenas me olhaste, não quiseste conhecer-me. Nunca te esquecerei nem desistirei de ti. Adeus.

»Fiquei com o telefone na mão sem conseguir dizer nada. E poderia ter gritado, ter ligado de novo pelo telemóvel, ir a correr atrás e levá-la para o Meco, agarrada a mim na mota em que nunca chegou a andar, ou então apenas pedir ajuda a alguém, aos meus pais, a um médico como o professor, uma pessoa que a pudesse fazer parar. Talvez se tivesse sido menos egoísta pudéssemos ter feito amor mais uma vez. Não era eu que dizia que era apenas um caso sexual? Então por que razão fugia daquilo de que tinha gostado?

Pelo receio de não reencontrar o prazer quase absoluto que tinhas descoberto, Nuno. Como é possível viver com tanta intensidade apenas com dezassete anos?

Começava a compreender a tua inquietação, agora percebia melhor o motivo da tua reserva inicial, quando te inclinavas para trás e ficavas em silêncio, ou quando hesitavas no caminho a seguir no teu relato. Como o rapaz da escola secundária, amigo e confidente daquele que se suicidou, os dois a lerem sobre a morte, textos incompletos e desesperados de alguém que desistiu de viver, nomes de escritores que se suicidaram, relatos de mortes violentas na imprensa...

... um jovem loiro, cabelo espetado à custa de muito gel, perguntando os motivos que podem levar um jovem a suicidar-se, eu a dar respostas teóricas, a depressão, a toxicodependência, os conflitos familiares, sem perceber que ele queria apenas compreender, descobrir por que tinha ido para a praia com o amigo no dia do suicídio, o tinha ajudado a encontrar o búzio para oferecer à professora de Psicologia, entender por que razão ninguém tinha sentido que ele não aguentava estar sem a namorada que o trocara por outro. Se calhar como tu, Nuno, não foste capaz de atingir a profundidade do abandono da Rita, como ela te amava sem quase te conhecer, nem mesmo a Leonor se aproximou da verdade...

Agora estás a falar, Nuno, deve ser a aliança terapêutica de que falam os livros finalmente a consolidar-se, mas é preciso mais, o teu corpo ainda está um pouco rígido, ficas sobressaltado à mínima interrupção do telefone, desliguei-o para que pudesses falar mais à vontade...

– O resto já o professor sabe, não há muito mais para dizer. Na tarde seguinte falou a mãe da Rita, como já lhe contei. Pode acreditar que ao telefone não pensei em nada de especial, julguei que a senhora me ia pedir ajuda para acalmar a filha, pouco mais. O problema do suicídio, como deve saber, é que pensamos que nunca acontece a alguém próximo de nós, achamos que as pessoas que falam disso não se vão matar, foi o que eu pensei naquela semana.

»Preciso de lhe dizer ainda mais qualquer coisa, depois se calhar não necessito voltar cá. Não gosto nada de hospitais e este sítio onde trabalha é horrível. Sabe, pensando com calma, acho que não tenho nenhuma culpa na morte da Rita. Nunca combinei nada de definitivo, ela falou com os meus amigos, sobretudo a Leonor, e sabia que eu não andava muito tempo com uma rapariga, a Mónica foi uma exceção e mesmo assim só durou um pouco mais de três meses.

»Como podia imaginar que se ia prender tanto, andar sempre atrás de mim, telefonar-me tantas vezes e depois... o que já sabe, até me custa falar disso. Há uma parte de mim que pensa assim, infelizmente há outro Nuno que se farta de sofrer. Sim, quero falar-lhe disso, sinto muitas vezes que podia ter evitado que ela morresse, afinal aquilo no Meco foi espetacular, quem sabe se tivéssemos feito amor mais uma vez, só mais uma vez, ela ganhasse forças para viver e pudéssemos ser livres...

»Os meus pais não percebem nada do que se está a passar. Veem-me nervoso, explico-lhes que é por causa da morte de uma colega, respondem-me que compreendem que me custe, mas acham exagerado o que sinto. Também percebo a reação deles, não lhes contei metade do que já lhe contei a si, não sou capaz de dizer mais nada. Sim, tem razão, acho que não quero destruir a boa ideia que fazem de mim, se os meus pais pressentem que de algum modo eu a deixei, ficam tristes e preocupados e eu não os quero fazer sofrer.

Podemos sempre falar em conjunto com a família, afinal sou terapeuta familiar, de que estou à espera? Será este o momento ideal? Dizem os teóricos da psicoterapia dos adolescentes que não se pode pôr em causa, com uma sessão de família, uma aliança terapêutica que se está a estabelecer. Era evidente para mim, contudo, que toda a comunicação familiar estava perturbada, como acontece sempre que um elemento da família contacta com uma fonte de *stress* extrafamiliar. Quando um membro da família está sujeito a uma situação de tensão, os restantes também a sentem e precisam fazer mudanças para ultrapassar o novo problema.

A entrevista familiar teria duas vantagens imediatas: por um lado, poderia contribuir para diminuir a ansiedade do Nuno, através de um maior envolvimento dos pais face ao problema, evitando o isolamento do adolescente; por outro, a família poderia metacomunicar sobre o sucedido e lançar nova luz sobre as dificuldades do rapaz, quem sabe à custa da compreensão transgeracional da sua história.

Não sei se quero que os meus pais sejam metidos nisto, nunca lhes contei pormenores da minha vida íntima. Tenho uma certa vergonha, não sei bem porquê mas é o que sinto, vergonha com a morte da Rita, talvez porque penso que poderia ter feito outra coisa, poderia não ter fugido como acabei por fazer, mas também acho que não posso manter os meus pais longe de tudo, sempre me ajudaram e deram tudo o que é importante para mim.

Talvez o médico me ajude a falar, no fundo é o que desejo, o Pedro acha que quando desabafamos ficamos mais aliviados. Vou dizer aos meus pais para virem cá ao Hospital, ainda por cima a declaração do médico justifica as faltas e são pelo menos duas horas de dispensa da seca das aulas.

Podes crer que também faço isto por ti, Rita. Sabes que não acredito muito em Deus, se existe deve andar muito distraído, quando olho para o telejornal só vejo guerras e terramotos. Mas se por um acaso qualquer me estiveres a ver, peço que me ajudes a separar de ti, será bom para nós os dois.

4

A família estava à minha espera quando cheguei ao Serviço. Entraram no gabinete sem nenhuma pressa e sentaram-se em quatro cadeiras de plástico amarelo, dispostas em semicírculo por uma estagiária de Psicologia. Fizeram todos mais ou menos o mesmo: primeiro olharam uns para os outros, depois observaram com atenção os restos dos canos da antiga casa de banho, a secretária antiga de madeira que consegui obter num momento de lucidez, o tapete de sisal adquirido à minha custa, os desenhos oferecidos por doentes anoréticas num dado momento do seu internamento.

– Pai, fale-me da família – comecei eu (a lembrar-me mais uma vez de Carl Whitaker) –, sei que anda preocupado porque me telefonou. Tenho conversado com o Nuno, que como sabe não tem estado bem, pensámos que talvez fosse útil falarmos em conjunto.

O pai do Nuno tinha um fato azul de bom corte e uma gravata com pequenos elefantes. Disse que achava a família normal, gostavam de brincar uns com os outros e não tinham até aqui tido problemas, o seu casamento era sólido e os dois filhos adolescentes bem-dispostos, bons alunos e bons filhos. O Nuno estava agora com um problema, uma rapariga amiga tinha-se suicidado, como sabia, compreendia que o rapaz tivesse ficado um pouco abalado mas já era altura de as coisas voltarem ao normal, a não ser que existissem factos novos.

Virei-me para a irmã, uma rapariga de 15 anos com calças justas, mochila no ombro esquerdo e blusão de ganga, respondeu que achava o irmão muito triste, tinha quase deixado de ouvir música e nunca queria atender o telefone.

Deixei para o fim a mãe. As mães portuguesas têm sempre coisas importantes a dizer e são as interlocutoras privilegiadas dos filhos durante a adolescência. Tinha um saia-casaco escuro, usava óculos sem aros e o cabelo muito curto, via-se que lutava com um problema de excesso de peso.

– Professor, como mãe do Nuno sabe que tenho de estar preocupada. O meu filho sempre teve a mania dos namoros. Já na escola primária falava de uma namorada, depois disso têm sido várias. Francamente, não me importo muito desde que ele as respeite e não se prejudique, se fosse aqui a minha Susana ficaria mais aflita. Deve saber que sou advogada, no escritório passam-me pelas mãos divórcios, situações de violência familiar, miúdas grávidas com a idade da Susana. Com os rapazes é outra coisa, por mais que a gente queira pensar que não. Mas agora o Nuno anda muito diferente, não sei se foi só o problema da morte da colega. Quando namorava a Mónica havia muitas discussões, mas rapidamente as esquecia e estava sempre pronto a sair com os amigos. Agora é bem diferente...

Quis saber mais coisas sobre a família. Estavam a viver a adolescência dos filhos, etapa do ciclo vital em que as questões da autonomia e das regras familiares são fundamentais, e em que a gestão do poder é crucial, com os pais a recear perdê-lo e os filhos a tentar obtê-lo. Precisava de mais dados sobre a família alargada, o que se passava com os avós?

O Nuno esclareceu-me. Os avós paternos viviam em Bragança e tinham menos contacto com eles. A avó materna, a avó Teresa de que já tinha falado, vivia em Lisboa e era muito chegada à filha.

Houve um silêncio quando perguntei pelo avô materno. Morreu há um ano, ainda não tinha feito os setenta, acabou por responder o pai.

Tinha tocado num ponto importante. A morte no sistema familiar desencadeia sempre um conjunto de emoções, muitas vezes transmitidas de geração em geração e responsáveis por mudanças na família.

Este era um dos motivos por que não queria trazer cá os meus pais. Já pressentia que se ia falar da morte do avô.

Adeus, avô, soube que tinhas morrido um dia depois dos meus dezasseis anos, adeus à tua voz rouca, adeus às nossas conversas e à comida do costume, adeus aos nossos passeios na Baixa de Lisboa. Sei que quem regressa não partiu, por isso acho que ainda não te foste embora, mudaste de roupa e de planeta, mas continuas aqui ao pé de mim.

Recordo o cemitério, diferente do outro onde tinha ido quando morreu o professor de Português, o teu tinha água e pássaros, como é possível existirem tantos pássaros em Lisboa? Pedaços de relva, pequenos túmulos com pedras quase sem inscrições, uma pequena frase, lembro-me de ver mais tarde a sepultura apenas com o teu nome, Augusto Gomes, em letras muito simples e direitas, a avó Teresa a chorar agarrada à mamã, eu a perguntar pela Susana sem perceber por que não a tinham trazido. Depois, mais pássaros a sobrevoar um lago, pareceram-me gaivotas mas não pode ser, pessoas de negro junto a pedaços de terra revolta, não vi as jarras de plástico do outro cemitério, onde vão pôr as flores?

Na noite do funeral sonhei contigo, avô. Estávamos de mão dada num café cheio de gente, contavas-me uma história de fadas e princesas. Tinhas a pele muito fininha e cheia de rugas e um anel, que nunca tinha visto, a brilhar na mão direita. Dizias-me que quando morresses o anel ficava para mim, para me dar sorte durante toda a vida.

Avô, agora não posso dizer-te o que deveria dizer, estou contigo embora não te possa ver, talvez me possas procurar como fazias antes, quando deixava o toldo da Praia Grande e me escondia atrás dos bares da praia, a brincar com um cão sem dono que saltitava por ali, tinhas medo que fugisse para o mar bravo de que tanto gostavas. Nunca percebi, avô, a causa da tua morte, disseram-me que tinha sido paragem cardíaca, perguntei na escola e um professor explicou-me que todas as pessoas morrem quando o coração para, afinal foi o que aconteceu.

– A mãe quer dizer-me a causa da morte do avô? Morreu relativamente novo, estava doente?

Nestas alturas sinto-me uma espécie de detetive, pressinto o problema e sigo a pista, o *tracking* de que falava Minuchin num seminário em Veneza, nos anos oitenta. Um curso avançado de terapia familiar, técnicos de vários países com experiência no campo, fizemos um *role-play* de uma família problemática, eu era um menino de sete anos que tinha visto morrer o avô e chorava agarrado à mãe. Salvador Minuchin ladeou os vários problemas que dramatizámos para o atrapalhar e agarrou o tema da morte da família, estudando-a de geração em geração, amortecendo o choque que tinha causado na criança e fazendo ressurgir a força da família para ultrapassar a crise.

Seguir a pista, tinha notado como a morte do avô, ocorrida cerca de um ano antes, parecia ter acontecido na véspera. Haveria alguma relação entre o silêncio perturbado da reunião familiar e o problema que trazia a família à consulta?

Seguir a pista, colocar hipóteses, certas ou erradas, permitiria novos olhares sobre a realidade, podia ser que existissem segredos nesta família que se apresentava como normal.

Olhei em volta, ninguém parecia querer abordar o tema, alguém gritou no corredor e eu fiquei à espera.

– O meu pai deve ter-se suicidado, senhor doutor.

Batem as portas, em tons de suicídio, como se fossem um corpo a cair do...

A mãe abriu a mala e tirou um pacote de lenços de papel, o pai aproximou a cadeira e estendeu-lhe a mão.

– Sabe qual era o lema do meu pai? O dinheiro ganha-se como escravo e gasta-se como fidalgo. Era formado em Direito, chegou a ter um certo nome como jurista, escreveu um livro sobre Direito Marítimo que serviu de referência durante muitos anos. Deve ter sido por isso que eu sou advogada, ia com ele muitas vezes ver processos ao Tribunal da Boa-Hora. Toda a vida trabalhou como um escravo e, na realidade, nunca poupou nada. Eu e o meu irmão não vivemos na abundância. A minha mãe procurava amealhar alguma coisa e íamos tendo o suficiente. O pior foi quando o meu pai começou a ter pouco cuidado com o dinheiro, os fidalgos gastam mas não são bons gestores...

Agora entendo o silêncio sobre a morte do avô, eu e a Susana a fazer perguntas, respostas vagas, imprecisas, «o avôzinho está no céu e está bem», o pai crítico em relação ao avô a desviar o assunto, a avó Teresa a mostrar fotografias em silêncio. Esqueciam que eu já tinha dezasseis anos!

Fotografias antigas, o avô da minha mãe, muito direito na sua bata de farmacêutico a mostrar uma caixa de pomada, Pomada Gomes, *de êxito garantido em borbulhas e pontos negros, a mulher dele num concurso de vestidos de papel, menção honrosa para a menina Lília e que não deixe de concorrer para o ano, por certo vai ficar nos três primeiros lugares, agora o meu querido avô a mostrar a capa dos* Princípios de Direito Marítimo *em pose de grande autor, lá apareço eu de boné da* Nike *entre o avô Augusto e a avó Teresa...*

... fazes-me falta, Avô, agora tenho a certeza de que, tal como a Rita, não aguentaste o peso da noite e te deixaste também invadir pelas sombras da madrugada, quiseste morrer sem doença e sem explicar porquê. Se estivesses vivo poderias explicar-me as mulheres, por certo não me criticavas por gostar de namorar, haveria de fumar um cigarro ao pé de ti enquanto experimentavas uma nova cigarrilha (o médico proibiu que fumasses, nunca quiseste saber dos médicos), os dois falaríamos até de madrugada...

Lá estou eu outra vez armado em detetive, fazendo o *tracking* como um Minuchin de segunda, parece que desta vez a hipótese está certa, a morte da Rita provocou mesmo uma tensão emocional em várias gerações, o tema suicídio era um segredo da família que a mantinha em equilíbrio precário, impedindo o seu pleno desenvolvimento.

– É natural que o suicídio da colega do Nuno vos tenha feito reviver a morte do avô, quem sabe se parte da inquietação que sinto em todos não tem um pouco a ver com isso...

Entreolharam-se de novo, o Nuno escorregou um pouco mais na cadeira, numa posição que começava a tornar-se familiar. Precisava ajudar a criar novos contextos de comunicação familiar, unir e ligar a família nem que fosse pelo silêncio – comunicar, no fundo, significa pôr em comum.

A mãe precisava falar mais, devolvi-lhe a palavra com um leve aceno.

– Quando agora estou triste lembro-me da minha infância. Tive uma infância feliz. Passava muito tempo a brincar, arranjava casinhas com salas para tudo, cozinhas e casas de banho, mudava as fraldas às bonecas e fazia comidinhas para elas. Quase todos os dias ia passear aos jardins com a empregada que gostava muito de mim e passava a vida a comprar laços e travessões para o meu cabelo. Nessa altura tinha caracóis e usava o cabelo apanhado, só agora é que tenho este hábito de o usar tão curto.

»No Liceu fui muito boa aluna, sempre no Quadro de Honra do 1.º ao 7.º ano. Gostava muito de ler, acho que o gosto do Nuno pelos livros, sobretudo pela poesia, vem de mim. Quando fui para o colégio, com cinco anos, já a minha mãe me tinha ensinado a ler corretamente.

»Não sei se o professor sabe, tenho um irmão muito diferente de mim. É todo dado aos números, é matemático e casou com uma matemática. Costuma brincar a dizer que não tem filhos porque estão sempre no computador a fazer cálculos...

A família sorriu e a Susana tapou a boca com a mão. Ainda não tinha reparado bem nela. A experiência de terapia familiar indicava-me, contudo, a importância de dar atenção às crianças e adolescentes aparentemente menos implicados nos problemas. Quando a solicitei, o seu comentário foi surpreendente.

– É nestas alturas que me apetece ficar em Bragança...

Pressenti outra zona de dificuldade na comunicação familiar, mas decidi não interromper a Susana. A existência de assuntos de que é penoso falar pode dificultar a metacomunicação, base essencial na coconstrução de alternativas familiares.

Falavam agora na família do pai, natural e residente em Trás-os-Montes. Descendiam de pequenos agricultores da região e o bisavô paterno do Nuno emigrara para Sevilha, percorrendo a pé centenas de quilómetros, com a polícia política no seu encalço. O curso de Economia do pai funcionava no sentido da mobilidade social ascendente, como a Susana esclarecia com outras palavras.

– Os pais do meu pai sempre foram pobres e ainda vivem com dificuldades. Gosto de passar lá as férias porque é muito calmo. O meu avô tem um carocha velho, leva-me a passear naquelas terras, à noite ficamos junto ao fogo a assar alheiras...

»O Nuno quando lá vai farta-se de comer, diz que não há mais nada para fazer. O ano passado descobriu um bar junto ao castelo de Bragança e já não achou aquilo tão maçador. O meu irmão tem um bocado a mania de sair à noite e diz que na terra dos avós a única coisa boa é a posta mirandesa...

Vivíamos outro momento de humor, a «trívia» na psicoterapia, como dizia o meu grupanalista Eduardo Luís Cortesão, a designar assim os momentos de conversa mais distendida que surgem nos encontros psicoterapêuticos. Falar do dia-a-dia, das pequenas peculiaridades, das estórias só partilhadas pelos membros das famílias (que as identificam com um simples olhar), permite abordar depois temas mais difíceis, impossíveis de alcançar sem essa descontração prévia. Mais uma vez recordei os psiquiatras que pouco sabem dos doentes, dos seus gostos e dos seus anseios, sempre à espera de um conjunto de sintomas, face aos quais urge desferir a machadada final de um medicamento apropriado.

A Susana não queria perder a oportunidade, esclarecia agora um pouco o seu papel na família, uma espécie de animadora de serviço, talvez também a pessoa que não deixava esquecer a família do pai.

Nas famílias portuguesas costuma ser assim, o eixo materno é predominante, independentemente do sexo dos filhos e da classe social da família. Também foi assim na minha família de origem, dei por mim a recordar. Só num curso da formação em Cambridge, em 1979, compreendi como sabia pouco sobre a família do meu pai.

Estava com os meus amigos, cofundadores nesse ano da Sociedade Portuguesa de Terapia Familiar, em curso intensivo num *College* de Cambridge. O seminário era dirigido por Alan Cooklin e Rosemary Whiffen, terapeutas familiares ingleses que viria a encontrar tantas vezes em congressos internacionais. Pediam a cada membro do grupo de formandos para desenhar num grande quadro branco o seu genograma, pelo menos ao longo de quatro gerações.

There is a black hole on your left, Daniel[1] – sentenciou Rosemary, perante o meu esquema, e percebi, pela primeira vez, o impacte da família materna na minha história de vida e o desconhecimento sobre as minhas origens paternas.

[1] Há um buraco negro à sua esquerda, Daniel.

Quando cheguei a Portugal fui à procura de mais dados e encontrei algum silêncio, só interrompido pelas animadas recordações dos meus primos de Guimarães, ou por fotografias antigas de pequenas propriedades no Minho, latadas de vinha a produzir um verde tinto adstringente que o meu pai não dispensava, a procissão do enterro do Senhor nas Páscoas familiares, o tio António a levantar uma pedra enorme com o dedo mindinho, o padre a transportar o compasso para todos beijarmos o crucifixo de prata...

– Compreendo a Susana, tenho muitas vezes saudades dos meus pais, quando fiz o curso de Economia no Porto sempre pensaram que ia ficar pelo Norte. Vejo-os muito pouco, só na Páscoa e às vezes no Natal, por mais que os convide para passar cá uns tempos não os consigo arrancar de Bragança. Com a morte do meu sogro ainda se tornou mais difícil sair de Lisboa, a mãe da minha mulher ficou a precisar de muito apoio. Tenho pena que o Nuno se aborreça lá, lembro-me de me divertir tanto nas férias...

Talvez fosse oportuno dizer a este pai que não seria bom deixar apagar as memórias da família de origem. O passado é estruturante do futuro, via-o com êxito profissional e boa relação familiar, mas pressentia uma mágoa nos seus olhos, quem sabe se não tinha saudades da serra do Marão, da urze no Parque de Montezinho, das alheiras na brasa...

Não podia, no entanto, esquecer o pedido da família. Não era conveniente que continuássemos a falar durante horas, sem tentar resolver os problemas que tinham trazido. Já não acreditava naquela ideia do início da minha formação, de que os doentes se não faltavam é porque estavam a melhorar, «estavam ali connosco», como repetia sem imaginação o meu supervisor da altura.

Tantas pessoas são mantidas durante anos em terapia que nada muda, apenas porque a dependência dos doentes gera codependência nos técnicos!

– Sinto que o Nuno tem coisas para dizer, nesta sessão familiar tem falado muito pouco. Nas nossas conversas, fiquei com a ideia de que precisava de falar com a família sobre o que aconteceu. Depois de vos conhecer já percebo um pouco melhor o que se passa. Até que ponto a morte do avô ainda está presente e o suicídio da Rita, tão difícil para o Nuno, está a tocar todos de uma forma intensa, porque estão também a reviver um suicídio na família?

Seguiu-se um silêncio que me deixou com esperança de ter seguido a pista certa. É um pouco assim que vejo agora o trabalho da terapia familiar, uma espécie de processo coevolutivo entre o terapeuta e os membros da família.

Nas famílias interessa-me mais a forma como nos conhecemos e interagimos do que as leis organizativas internas ou a intimidade do seu quotidiano. A autonomia de cada agregado familiar é um valor ético essencial a preservar, mesmo que provisoriamente oculto pela perturbação motivadora do pedido de intervenção.

A morte nesta família fazia-a surgir com outra configuração, a mim competia-me ligar-me a esse novo estado e caminhar para uma nova coerência estrutural. Estava, no entanto, a esquecer-me do imprevisível, a forma como a família iria reagir às novas informações que o Nuno agora trazia.

A presença da minha irmã torna difícil o que tenho para contar. O professor já sabe e foi bom ter falado sobre isto, mas não posso continuar sem vos explicar um pouco mais o que se passou, doutra forma não percebem nada. Eu sei o que vocês têm sentido como pais: não querem ver-me assim enervado, sem dormir e com pouca pachorra para as aulas. E além disso sabem que sou um bocado egoísta, esqueço depressa os problemas dos outros, por que razão continuo com a cabeça cheia de tudo isto? É que há uma coisa que ainda não vos disse, eu passei uma noite com ela, fizemos amor numa casa do Meco, foi aí que tudo começou...

... como fazer compreender aos meus pais que a ausência da Rita me magoa, é como se estivesse na noite à minha espera, ainda vejo o seu rosto na casa do Meco, uma terrível claridade surge de madrugada e, no entanto, espero um novo dia, de nada valem as recordações.

Vocês devem saber que ela viveu em mim mas partiu, não me quero perder no passado, não desejo que regresses nunca, preciso esquecer os teus olhos e a tua boca, procurar o fim das palavras, pode ser que um dia o mar nos reúna no Meco, como tu querias e eu evitava. Sabes que quero partir para outra, sempre quis saltar para fora das coisas, a Leonor chama-me «corrente de ar» e o Pedro o «vamos!», quando era pequeno dizia ao meu tio «se fores à rua, levas-me?», por isso não quis parar para te amar, na escola ouvi dizer que isso é próprio dos rapazes, acho agora que tive medo, um receio muito grande de me descontrolar.

Vejo-te ainda no chão enquanto procurava um cigarro, em sonhos confundo essa imagem com o teu corpo branco depois de tomares os comprimidos, ainda não sei como morreste, porque não telefonaste para alguém no último momento, para mim, para a Leonor ou para o Pedro, como foste capaz de evitar que alguém te socorresse e te levasse para o hospital, hoje em dia ouço dizer que há tratamentos para reanimar pessoas...

... talvez te enganasses na dose, quisesses apenas dormir um dia para esquecer, sobretudo para não te lembrares de mim...

... ou então a tua dor era tão insuportável que já não suportavas mais, podias contudo ter adiado até que alguém te ajudasse, como a Marta outro dia, cortou os braços com um x-ato, alguém falou em tentativa de suicídio e eu sei que não, a Marta quis apenas trocar dores como me explicou, trocar uma dor infinita por uma dor física, sempre ali controlada pelos seus olhos tristes, podias apenas ter tomado uma dose pequena e eu no dia seguinte estaria contigo...

... se ainda me amas liberta-me, Rita, perdoa ter fugido, esclarece os meus pais que ao menos por uma noite te fiz feliz...

5

A avó Teresa apareceu na segunda sessão familiar. Tinha proposto a sua vinda, com a expetativa de fortalecer a unidade da família e ultrapassar as dificuldades com o processo de luto.

– Agradeço que me tenha chamado, senhor doutor, embora sinceramente não saiba muito bem o que dizer. Sei que morreu uma amiga do Nuno, se acha que posso fazer alguma coisa para o ajudar estou à sua disposição. Ao contrário do que possa pensar, não sei muito sobre a história da família. Sempre ouvi dizer que os psiquiatras gostam de esmiuçar as coisas...

»O meu genro disse-me que deu importância ao afastamento que ele tem dos pais, como deve recordar-se são de Trás-os-Montes. Não sei bem porquê, tenho uma experiência parecida. Conheci o meu marido quando ele foi aos Açores fazer uma conferência sobre Direito Marítimo. Lembro-me como se fosse hoje, estava sentada na segunda fila da plateia de uma sociedade recreativa, não sei se o senhor doutor já alguma vez foi à cidade da Horta, na ilha do Faial?

(Uma fortaleza transformada em estalagem, melros a saltar à frente dos carros em caminhos ladeados por flores, restos de lava e casas soterradas no Capelo, as habitações dos médicos todas iguais junto ao hospital, o Pico à nossa frente como as montanhas desenhadas na minha escola de Sintra, a praia de Porto Pim com os meus filhos a terem medo da areia negra.)

»Vejo pela sua expressão que conhece. Pois eu sou de lá. Bem, estava a contar sobre o meu marido. Não percebi quase nada da conferência, mas achei o conferencista muito interessante...

»O meu marido era um homem muito determinado, meteu conversa comigo no intervalo e pediu-me a morada no fim. Foi tudo muito rápido, passados uns meses estava a dizer por carta que queria casar comigo, um ano depois estávamos casados.

»É claro que exigiu vir para o continente, tinha mais cinco anos do que eu e não queria perder tempo. Os meus pais tiveram um grande desgosto, queriam que eu casasse com um médico do Faial, mais tarde tiraram essa ideia da cabeça quando souberam que andava metido com uma senhora casada.

»Ficámos a viver em casa dos meus sogros. O pai do meu marido era farmacêutico, acho que o Nuno já lhe disse, tinha a mania da química e passava a vida a inventar sabões e pomadas, só teve êxito com a *Pomada Gomes*, que não era má para as borbulhas, o resto foi um fracasso. Foram uns tempos muito difíceis para mim, o meu sogro estava sempre a criticar o meu marido e a minha sogra não regulava bem. Tinha períodos em que dormia pouquíssimo, ficava toda a noite na sala a ouvir rádio e a cantar, chegava ao pé de nós e sem mais nem menos dizia que a família não fazia parte dos seus planos. Nessas alturas falava sem parar, recordava bailes da sua juventude, sei lá que mais... Lembro-me, por exemplo, de aparecer vestida de papel, um traje antigo de um concurso que tinha ganho. Ainda hoje estou a vê-la de vestido de folhos, um cabeção enorme a tapar-lhe o pescoço, uma fita na cabeça a prender uma flor, tudo, é claro, em papel! O meu sogro aparecia de repente, «Lília, por favor», e levava-a para o quarto com toda a ternura. Depois passavam essas crises e ficava muito abatida, quem sabe se o meu marido não herdou um bocado a tristeza da mãe, de outra forma como compreender a sua morte?

Hereditariedade bipolar, antes designada maníaco-depressiva, gritaria o psiquiatra das pastilhas, incapaz de compreender uma história de amor. Talvez tenhas razão, colega, pode haver nesta família uma transmissão transgeracional da depressão, por isso o avô se suicidou, a mãe está preocupada e o rapaz tão frágil, sou eu que quero transformar esta história de loucura numa história de afetividade, mas como proceder de outro modo se já entrei nela?

O que sem dúvida devo fazer é agradecer de novo a presença desta avó. Com um pai economista e uma mãe advogada, ambos com grande investimento no trabalho, o Nuno e a Susana bem precisam dela.

– Seja como for, senhor doutor, deixe-me continuar mais um bocadinho. Sei que tem o seu tempo limitado e não quero esquecer o Nuno, mas já que me chamou cá, tem de ter paciência para ouvir. Já disse à minha filha que o meu neto sofreu muito com a morte do avô, na altura não percebeu bem o que aconteceu mas ficou muito triste.

»Agora é diferente, acho-o mais enervado do que triste. Sempre achei que a gente nova de agora começa a namorar cedo de mais, às vezes em casa são ainda uns meninos e depois quando saem têm estes problemas. Mas o Nuno é muito sensível, sempre gostou muito de ler, sabe que ele faz poemas muito bons e já teve textos publicados no jornal? Por isso não admira que tenha muitas raparigas, elas agora não querem homens para mandar, preferem rapazes que as compreendam!

»Já disse ao meu genro que precisa falar mais com ele. Acho que os pais entregam muito a educação às mães, também me senti sozinha muitas vezes. O meu marido só pensava nas leis e nos livros de Direito, foi bom ambiente para a mãe do Nuno, que desde pequenina queria ser advogada, mas fez falta ao meu outro filho, que é um bocadinho inseguro e só pensa na matemática.

Tinha a avó à minha frente a recordar. A presença de várias gerações numa sessão de terapia reforça a unidade intrapsíquica do conjunto familiar e possibilita a consciencialização de memórias passadas, uma vez que os avós são muitas vezes os historiadores da família. Se a minha hipótese de trabalho sobre a importância da morte no problema apresentado estivesse correta, teria agora de desenvolver o tema na sessão.

– Como foi capaz de ultrapassar o desgosto da morte do seu marido?

Outra vez o imprevisível. Ordem e desordem ligadas em permanência nos sistemas livres, reorganização constante a partir da perturbação, de novo entropia, como é possível dar tempo às famílias para que possam obter novas configurações da realidade?

Nas famílias onde existiu um suicídio, o tema torna-se recorrente em várias gerações, mesmo quando o segredo defende a homeostasia da família, como parecia ser o caso. As fantasias ligadas à morte são importantes e eu sabia isso doutras ocasiões, mas não poderia prever o que se seguiu.

– Ultrapassei durante um período, acho que fiquei em estado de choque durante uns tempos, era como se não sentisse nada. Depois houve momentos com um enorme vazio, cheguei a pensar que a vida não tinha sentido, a pouco e pouco fui-me ligando muito aos filhos e netos e isso ajudou bastante. O problema foi há uns meses, depois de uma conversa com uma vizinha, que tem a mania do espiritismo. Imagine que começou a dizer que o espírito dos suicidas não encarna e que eu teria de mandar rezar muitas missas para descanso da alma do Augusto. Estas coisas são terríveis, não acreditamos mas ficamos a remoer na ideia, sempre fui bastante pragmática, não compreendo o que me aconteceu. E tudo se complicou quando pensava no cemitério. A minha vizinha disse-me que os ossos das pessoas que se suicidaram às vezes desaparecem, fiquei em pânico. Como ir ao cemitério decidir o que fazer aos restos do meu marido, quando passarem cinco anos?

Avó, por que não disseste nada e continuas a tratar-me como um menino? Via-te mais triste, como a mãe diz estou sempre a pensar em mim, julgava que estavas preocupada por minha causa. Lembro-me de insistires para eu comer e fumar menos, cheguei a falar-te de já não andar com a Mónica e tu nada contaste. Foi preciso chegar aqui ao Hospital para desabafares... Olha, avó, vou contigo ao cemitério sempre que quiseres, penso que a Rita também lá está, naquele sítio um pouco vazio, cheio de relva e pássaros, levaremos só uma flor cada um, irei contigo ver a pedra branca do avô Augusto, depois iremos à procura da Rita, reparei que o cemitério está organizado por anos, não sou capaz de perguntar na receção, pensam que sou da família ou namorado, afinal o que represento para ela?

Nunca te contei como gostava do avô, foi ele que me meteu na cabeça o gosto pelos livros e pela poesia, lembro que me sentava no colo em pequeno, me agarrava com o braço direito e segurava o livro com o esquerdo, pedaços de folhas de papel branco com desenhos infantis que ele guardava, mais tarde poemas escritos no computador que metia numa pasta de plástico, a primeira vez que me mos-

trou os Princípios de Direito Marítimo *com um orgulho envergonhado...*

... depois quando voltei do colégio inglês e lhe mostrei uma fotografia da Catherine, não foi preciso dizer nada para ele compreender o que se tinha passado, sempre a dizer-me como era difícil entender as mulheres, fotografias da avó Lília vestida de papel, estou a revê-la agora num retrato de corpo inteiro, vestido comprido, sapatos de fivela à pajem e um estranho chapéu enterrado na cabeça, o meu avô em lua-de-mel num álbum de fotografias arrumado na estante, imagens que o tempo tornou menos nítidas, letras escritas com cuidado em legendas espetaculares, «O Bois de Boulogne, a escadaria de Fontainebleau, o Trocadero por sob a Torre Eiffel, a Teresinha a olhar o Sena».

Lembras-te, avô, quando disseste para eu guardar a fotografia da Catherine, a primeira namorada a sério nunca se esquece, mostrou-me o retrato de uma rapariga linda escondido num exemplar da segunda edição dos Princípios de Direito Marítimo, *pediu-me a opinião e proibiu-me de contar à avó Teresa.*

Por isso, avó, não tens de ter medo, que preocupações são essas com os ossos do avô, não é verdade que tenham desaparecido e que interessam os ossos, é a força do avô de que eu preciso, quem disse que o suicídio era uma desistência, tenho a certeza agora de que a Rita não desistiu de nada, de mim não, nunca deixou de me amar, fui eu que não fui capaz de me envolver.

A avó aceitou um lenço de papel e sorriu para o Nuno, a Susana olhou para um livro de banda desenhada e ficou a rir, como se pertencesse a outra história. O pai aproveitou o silêncio que se seguiu:

– Professor, acha que o Nuno se vai recompor e fazer o 12.º ano? Não sei se estas recordações todas o irão ajudar... nunca falámos lá em casa da morte do meu sogro, o Nuno tinha dezasseis anos e a Susana catorze, tenho ideia de que nessas idades não se compreende bem a morte. Já tenho pensado no que sentirei quando os meus pais morrerem, vou achar que a seguir é a minha vez...

Apeteceu-me responder que ninguém compreende a morte, hoje não se fala nisso, dantes as pessoas morriam em casa com os familiares ao lado, agora morre-se nos hospitais, os enfermeiros põem um biombo para disfarçar e tudo parece resolvido. Afinal estamos aqui porque uma jovem parece ter morrido por amor, quem sabe se em conjunto vamos conseguir um novo olhar sobre a realidade, por isso respondi ao pai:

– Ainda existe um longo caminho a percorrer. Conto com a força da vossa família para ajudar o Nuno a ultrapassar este momento. Se falarmos em conjunto, tudo poderá ter novo sentido e talvez os estudos não sejam prejudicados...

(Eu em Sintra a repetir o 7.º ano do Liceu, não tinha estudado no ano anterior porque tinha a cabeça noutro lado, na Pró-Associação dos Liceus e nas Juntas de Ação Patriótica, reuniões clandestinas para distribuição de panfletos sobre o 1.º de Maio, a Baixa de 1962 pintada de azul pelos jatos de água dos carros da polícia, bailes nas Associações de Estudantes interrompidos por canções revolucionárias, «vá, camarada, mais um passo, um novo dia se levanta, cada fio de vontade são dois braços e cada braço, uma alavanca», os *Esteiros* e Alves Redol lidos a correr, namoros sérios com raparigas de esquerda, um romance lido em cada dia, o Cine-Clube Universitário a mostrar Eisenstein, qual o problema de ter perdido um ano?)

Consegui concentrar-me a tempo de ouvir a mãe.

– Gostei de ouvir o senhor doutor falar da força da nossa família. É o que digo sempre à minha mãe: o tempo ajuda muito, sobretudo se não vivermos de costas uns para os outros. Custou-me muito a morte do meu pai, sobretudo da maneira como foi. E hesitei no comportamento face aos miúdos, se haveria de lhes explicar ou não, agora acho que talvez tenha feito mal, as coisas importantes não esquecem e, neste caso, o tempo só complica! O meu pai dizia que, quando estava triste, se ia embebedar com trabalho... é o que eu tenho feito, felizmente que estou num bom escritório de advogados, não me falta ocupação. Agora até abrimos uma delegação no Porto, temos lá um sócio e dois estagiários, não chegamos para as encomendas, como se costuma dizer! Deve ser por isso que a minha médica diz que sou «trabalhólica»... devo ter herdado isso do meu pai, felizmente que não herdei a tristeza.

Mãe, gostava tanto que me desses um pouco mais de atenção, que fosses levar o leite à cama como antigamente, a aconchegar os cobertores e a ficar de pé à porta até eu adormecer, no dia seguinte a escolher a roupa enquanto eu tomava banho, nunca levaste a sério as minhas namoradas, o pai não tem tempo e tu levas tudo para a brincadeira, lanças a cabeça para trás e dizes que ainda sou muito novo, no sétimo ano ainda me querias esfregar as costas no banho, não te deste conta como cresci a partir desse momento.

Como posso agora explicar-te que não consigo estudar, não sou capaz como tu de esquecer tudo com o trabalho, estar atento nas aulas e estudar para os testes, levantar cedo de manhã para rever a matéria, almoçar a correr e sentar-me nas aulas, ouvir professores a debitar palavras incompreensíveis, sem tempo para nos ouvir ou falar connosco...

... o barulho terrível dos intervalos, todos debaixo do telheiro a fumar com o cigarro escondido na cova da mão,

os betos do 9.º ano sempre impecáveis, a trocarem CD e a combinarem sair, os chungas do 7.º ano a fumar charros junto ao muro da escola e a riscar os carros dos professores...

... o Pedro, a Leonor e o João a dizerem que preciso limpar a cabeça, sair à noite, curtir com uma rapariga e apanhar uma bezana...

... e o teu eterno sorriso, vai tudo correr bem, Nuno, um beijo à pressa quando chegavas a casa cheia de dossiers, *correu tudo bem na escola? Onde diabo deixei o isqueiro, deixem lá que quando for grande hei de ser arrumada (risos), depois a correr para o computador, uma tosta mista comida à pressa, restos de* pizza *numa caixa no* hall, *como podes ter tempo para me serenar, dizer-me outra vez se acreditas (vai tudo correr bem, Nuno), falar de novo do avô e da tua infância...*

... ou então arranjares-te muito bem, vestido preto longo e sem mangas, o colar de pedras roxas da avó Lília e o cabelo nessa altura comprido e solto, o pai à tua espera com um fato azul espetacular e uma gravata italiana que lhe tinhas oferecido pelos anos, iam sair à noite para uma festa, na primeira vez que eu ficava a tomar conta da Susana...

... mãe, promete-me que não desligas o telemóvel, barulhos na escada, o Shining *na noite de cinema e eu a mudar de canal para não assustar a minha irmã, o telefone a chamar e eu com medo de atender porque ainda não tinha mudado a voz, o gato (devia ser o gato) a fazer barulho na cozinha e eu sem querer ir ver o que se passava, fiquei a brincar lego com a Susana até tu chegares...*

... dessa vez tiveste todo o tempo para mim, fizeste-me uma festa na cabeça e disseste que estava lindo com o roupão novo, a Susana a dormir tranquila no sofá da sala com o gato em cima, o pai a chamar-te para o quarto e tu a contares a festa, bodas de cristal (aprendi na altura) de

uns amigos, champanhe que adoras, bolo de noiva com quinze anos escrito a cor diferente, dançaste nos braços do pai até ficares tonta e eu adormeci de mão dada contigo.

– Acho que o Nuno tem saudades de quando era pequeno. Costumo dizer que eles só querem ser grandes da meia-noite em diante. Como mãe, acho que devo dar liberdade, mais ao Nuno que à Susana, porque é mais velho e é rapaz. Às vezes sinto-o tão perdido, tenho falado com o pai, mas não sabemos muito bem como atuar. Detesto meninos sempre à roda das mães a pedir coisas, nunca mais crescem, como vão mais tarde enfrentar os problemas da vida? E acho que a avó lhe dá muito mimo, quando vai a casa dela come sempre um bolinho e traz alguma coisa nos bolsos...

»O problema é que eu agora tenho pouco tempo, sou muito desorganizada. Deixo os processos chegar ao fim dos prazos e depois preciso de fazer tudo a correr. Sinto que o Nuno precisa de muita atenção, vive a vida muito depressa, quer aproveitar minuto a minuto. Gostaria de ficar com ele a conversar, como fazia dantes, mas o tempo não me rende.

A mãe parecia agora um pouco perdida. Tinha feito o seu caminho, influenciada pelo pai no gosto do Direito, amparada pela ternura da mãe ali presente. Um forte investimento profissional do casal teria feito com que os filhos crescessem um pouco sós?

As revelações do Nuno sobre a desarrumação e pressa da mãe tinham-me surpreendido. A minha primeira ideia era a de uma mulher afetuosa e alegre, a desdramatizar os problemas, mas atenta aos filhos, sem particulares dificuldades no desenvolvimento. Que pensaria o pai de tudo isto, metacomunicar é preciso...

– Li numa revista que os casais como nós se chamam de dupla carreira, em que é muito difícil conciliar a vida profissional com a vida familiar. Temos feito um grande esforço, mas o tempo às vezes não chega para tudo. Sabe como são os horários das empresas, planeio sair às seis horas, no máximo às sete, depois aparece uma reunião, um *e-mail* de última hora, um telefonema urgente que a secretária me passa mesmo depois de ter dado ordens em contrário, lá fico eu até às oito ou nove da noite... Felizmente aproveito bem os fins de semana para estar com os filhos. Nesse aspeto acho que sou um pai atento. É pena o Nuno deitar-se tão tarde à sexta e ao sábado, podíamos jogar ténis de manhã, mas assim não dá. Já fiz algumas tentativas, mas aparece ao pé de mim com tanto sono que desanima qualquer um. Acho que devia discutir a questão do sono consigo, professor. O Nuno ouve o que lhe diz e francamente penso que o cansaço que tem é, em parte, causado por dormir tão pouco. Agora até é pior, dantes achava que ele não ficava repousado nos fins de semana, saía à noite e voltava quase ao nascer do dia, nestes dias sai muito pouco, fica no quarto sem dormir, talvez a pensar em assuntos que o enervam...

»Imagine que anteontem me levantei às quatro da manhã e lá estava ele em frente ao computador...

Nunca poderei perceber por que não mandaste um mail. *Lembro-me quando trocámos endereços, uma coisa que gostei em ti foi também adorares escrever no computador, chegaste a mandar-me uma mensagem divertida que ainda não apaguei...*

«... apetece-me encontrar-te de novo no caminho.»

Escreveste uns dias antes do Meco, nem queria acreditar que escrevesses tão rápido, via o correio à pressa, avisos sobre vírus perigosos, informações sobre alimentos transgénicos, anedotas sem graça enviadas pelo João, con-

tribua para a conservação da floresta – faça clique duas vezes sobre a árvore, denuncie os crimes de Pinochet, queira saber tudo sobre a sua árvore genealógica e, de repente, a tua mensagem...

«... apetece-me encontrar-te de novo no caminho.»

Não houve caminho nenhum, Rita, tenho sonhos cruéis, fugi do corpo que me deste, se me ouvires chamar não venhas, com certeza não vou chamar-te, deixaste-me sozinho a chorar a dor de cada um de nós...

... informações sobre fast-food, *apelos à despenalização das drogas leves, cuidados a ter com cartões de crédito, mais piadas do João, a Leonor a mandar-me os pré-requisitos de acesso à Faculdade, clonagem humana mito ou realidade, publicidade a jantes italianas de liga leve, não, nunca carregarei* delete, *vou guardar-te dentro desta máquina com quem me deito todos os dias...*

... não compreendes, pai, que não posso dormir enquanto não deitar cá para fora tudo o que tenho cá dentro, recordações, desejos, poeiras no caminho, ando esquecido de como se sorri, às três da manhã gostaria que alguém ouvisse as minhas queixas, não, não tenhas medo, pai, a morte da Rita não mudou a minha vida, vou falar mais com este médico que arranjaste e entrar na Faculdade, quem mudou a minha vida foi a morte do avô, é como se ouvisse um barulho ao longe, a sua voz rouca chega a mim devagarinho, um ruído estranho...

Batem as portas, em tons de suicídio...

... não te preocupes, pai, com a falta de harmonia da nossa vida, eu sem saber o que fazer, a mãe sempre a cor-

rer e tu a trabalhares cada vez mais, Peugeot 206, Wolkswagen Golf, Audi A 4, *quando tirar a carta não quero ficar com o* Punto *da Rita, compras-me um carocha dos novos, sabes que a Susana já tem namorado, um beto lá da escola, encontrei-o noutro dia na noite, roupa toda de marca, enfrascado em* Martini Metz *e* Smirnoff Ice, *as bebidas dos putos...*

O telefone tocou, a voz da Dulce surgiu muito ao longe («Daniel, preciso da minha mala»), ouvi telemóveis no corredor e risos abafados.

– Vou ter de terminar a sessão, chegámos ao fim do nosso tempo. Acho que foi muito importante terem vindo todos. À avó, agradeço tudo o que partilhou connosco acerca da família; agradeço também aos pais terem-se posto tanto em causa na relação com os vossos filhos; a Susana falou pouco, para a próxima vez tenho de estar mais atento a isso. Quanto ao Nuno, fiquei a compreender a importância da sua relação com o avô, talvez um processo ainda não falado na família. Até que ponto a morte da Rita vos toca a todos, justamente porque traz de volta o avô Augusto...

Despedimo-nos em silêncio, um doente veio-me dizer que não conseguia falar com a médica, fiquei a ouvi-lo sem nada dizer até o telefone tocar de novo.

6

Hoje gostaria de ter o médico ao pé de mim, desejar que não pegasse na agenda para marcar nova sessão, muito tempo a escutar-me sem interromper. Sinto uma dor tão grande, um vazio, um abandono, só me apetece chorar. Depois de termos ido ao hospital, fiquei próximo de todos, agora estou outra vez só.

A Leonor veio cá a casa e trouxe o chocolate de que eu gosto. Disse que a mãe da Rita vai mudar de casa, não se sente bem a viver no sítio onde tudo aconteceu. O Punto *está parado à porta, ninguém sabe o que vão fazer dele, mas podem todos ter a certeza de que para mim não fica. Vou tentar esquecer tudo, não quero nada que me ligue a esse passado de que estou a tentar fugir.*

A conversa com a Leonor irritou-me. Disse que não tinha de me sentir culpado de nada, podia ter a certeza de que a Rita tinha muitos problemas familiares, se não fosse por minha causa se calhar seria por outro motivo qualquer.

Não consigo explicar às pessoas que não me sinto culpado. Penso no que se passou e sei que fui bem claro. Com as raparigas, por enquanto, não quero compromissos e explico isso logo, portanto tenho a certeza de que não foi diferente com a Rita. Tenho de atinar, não posso dei-

xar passar o tempo, à espera que tudo se resolva por milagre. Não fui capaz de deixar de andar com a Mónica? Tive saudades da Catherine e não as curei com uma conversa com o avô?

O Pedro vai combinar sair comigo e com umas colegas da irmã. Pelo menos, ajuda a passar o tempo e não tenho de ficar em casa a jogar computador, mas sei que tudo isto são apenas palavras.

Vou acordar mais uma vez a meio da noite depois de sonhar contigo, ontem estavas deitada numa terra avermelhada, braços ao longo do corpo como se estivesses a dormir, olhavas para mim sem nada dizer.

Pedras, a urze de Bragança, a pedra branca do túmulo do avô, Augusto Gomes em letras simples e direitas, tu a dormir no meu rosto na casa do Meco, lembrança de palavras ditas a medo, frio da manhã, fazer amor outra vez, silêncio, mais tarde a tua paixão de novo, a dor de me perderes porque me sentias distante, tristeza no brilho dos teus olhos, o teu corpo em seguida junto ao meu...

... e, de repente, palavras loucas, eu a tremer à procura de outro cigarro...

– Nuno, quero ter um filho teu...

... amor, vida...

(no outro dia a rever tudo, a lembrar-me destas terríveis palavras, traição, preservativo, estava a ver o bebé da Beatriz, mãe aos dezassete anos de um bebé magrinho, fraldas descartáveis, onde está o pai da criança que não o vejo, suplemento de biberão porque a mãe está muito cansada, nunca te conheci namorado, Beatriz)

e a lembrança de ti a falares do nosso filho, David ou Lourenço, sem dar por isso estava a contrariar-te, nomes simples como António, Pedro ou Manuel, a esquecer os meus medos e a abraçar-te, não me importo que seja António, Lourenço nunca porque é um nome beto, se calhar também gostas de Salvador e Martim,

Rita, estou farto dos betos lá da escola, nem a jogar futebol nos entendemos, não tomam banho nos balneários e vão para casa suados, dizem que não dão confiança aos mitras da equipa, não consinto que o menino tenha um nome desses.

Tu finalmente a rires sem medo e eu de novo a recear-te, a fugir mais uma vez, é manhã e tenho de voltar para casa, não avisei ninguém que dormia fora, o meu pai às vezes acorda muito cedo e vai ler o jornal para a sala.

O nosso pequeno-almoço num café do Meco, parques de automóveis desertos, ruas sujas, boiões de iogurte, latas vazias, o sol a aparecer por detrás do Bar do Peixe e eu a dizer-te, cobarde, que era melhor não nos vermos mais, tinha sido ótimo mas não queria prender-me, sou demasiado novo para compromissos, não gosto de ter horários certos (já bastou a Mónica, pensei na altura), ainda não nos conhecemos e por isso não vai custar muito...

... tu a sorrir como quem não acredita no que está a ouvir, a dividir a despesa do pequeno-almoço com um rigor que não conhecia, o dono do café a falar da bola e eu estranhamente atento, seria do Benfica ou do Sporting, a tua mão sobre a minha a evitar que fugisse, vou lutar por ti, disseste, podes ter a certeza que vou lutar por ti...

... e eu de repente a ver-me com quarenta anos, barrigudo e de óculos, um menino e uma menina sempre a caminho do pediatra com problemas de ouvidos, empregozinho com contrato a prazo, Opel Corsa *com pneus em segunda mão, por isso disse-te que não, não valia a pena insistires porque eu era sempre assim, a Leonor bem me dizia que qualquer dia ficava apaixonado e as minhas teorias iam todas por água abaixo, mas desta vez não, tinha sido muito bom encontrar-te naquela festa, os dois na varanda a impedir que outros entrassem, a sentir o teu corpo contra o meu no vento da noite.*

Rita, não esqueço o teu sorriso a dizeres que não desistias, havíamos de voltar ao Meco e ao nosso amor, parti-

mos no Punto *quase sem falar, a tua mão direita às vezes na minha perna, restaurantes manhosos à beira da estrada, material para lareiras, carros velhos, a ponte para nós com poucos carros, deixaste-me à porta de casa e partiste logo, fiquei a desejar que me esquecesses e a querer amar-te de novo, gatos vadios, a vizinha do terceiro andar a mandar fechar bem a porta, a porteira a falar no passeio em frente com o polícia do ministro, alguém em fato de treino a lavar o carro com um balde...*

... entrei em casa e fui logo comer outra vez, mais coca-cola, mousse *de chocolate da avó Teresa, biscoitos de garfo...*

... deitei-me em cima da cama com o computador ligado, de novo o teu mail *que nunca apagarei...*

«... apetece-me encontrar-te de novo no caminho...»

... agora que tudo aconteceu não nos encontraremos, a não ser que acredites na vida para além da morte, eu não, se existisse Deus não terias morrido e talvez eu perdesse o medo e pudesse voltar ao Meco, pôr do Sol no Bar do Peixe, a casa dos teus pais com um sofá quase no chão, o tapete azul onde nos conhecemos, a escada de madeira (muito estreita) para o andar de baixo, tu agarrada a mim sempre com medo de cair, a cama dos teus pais com uma colcha de renda onde não quiseste ficar, de novo a sala, estores de pano com cordões entrelaçados que te enervavam, o bar do teu pai junto ao chão, «toma o que quiseres», ecos, sombras de medos...

... o teu corpo, não esqueci o teu corpo, desejo, queria prender-te apenas o gesto, agarrar a tua mão quando naquela noite tomaste os comprimidos (onde os arranjaste?), perceber por que razão não pediste apoio, um grito, uma

ajuda para vomitar (dizem que o azeite é bom), sonhos, solidão, a tua voz tranquila a ficar cada vez com menos força...

... eu na discoteca com o Pedro e o João, um rapaz da nossa idade a pastilhar, Bacardi cola *e* Red Bull, *uma esfera a girar e a lançar feixes de luz sobre a pista (os restos de televisão na casa do Meco), putos enfrascados em* vodka *e eu sempre a tentar esquecer-te, piadas sobre mulheres, vídeos eróticos no ecrã gigante com música altíssima...*

... perder-te na memória para sempre, de novo ecos, a ver a tua cara achatada e tranquila sem saber que àquela hora lutavas contra a morte, sozinha no teu quarto que nunca quis conhecer, a tua mãe (quem sabe?) sossegada no quarto ao lado, dores, vómitos, mais dose de comprimidos amontoados na palma da mão, quem diz que o suicídio é cobardia?

Curtir a noite, disse-me então o Pedro, se não aparecer ninguém ficamos à mesma, pode ser que consiga estar muito tempo e em seguida dormir um dia inteiro.

Vou para casa dormir vinte horas seguidas, dizia o Presidente da Associação de Estudantes em 1966, reuniões de horas com planos de ação intermináveis, greves às aulas, «todos ao gabinete do Diretor!», um senhor de cabelos brancos que nos recebia de pé frente à secretária, aqueles que supúnhamos do Partido Comunista Português a porem cada vez mais questões e eu, agora, Professor de Psiquiatra e terapeuta deste jovem aqui à frente, outrora no meio de estudantes anónimos a empurrá-los para a luta, onde ia buscar tanta convicção?

Convicção que bem falta me faz agora, consigo pôr o rapaz a falar mas depois o pensamento dele não para, deve ser isto que os psicodinâmicos chamam capacidade para associar livremente, é uma espécie de torrente que está a lançar para cima de mim.

Nunca fui capaz de imaginar que o amor e a sexualidade fossem tão importantes na adolescência, o Nuno ainda não fez o luto do avô, como pode fazer o luto da rapariga, tenho medo de que esta sessão individual que propus depois da consulta familiar vá longe de mais.

– Nuno, verifico que afinal te ligaste muito à Rita. Quando falas do teu mal-estar, por exemplo das insónias e da inquietação que sentes, até que ponto estás a pensar se poderias ter evitado a morte dela?

Até que ponto... a pergunta saiu-me frouxa, o rapaz olhou para mim como quem acorda de um sonho. Começava a gostar dele, a verificar o cuidado que tinha com as palavras, a forma como era capaz de falar de amor. Estava à minha frente agora sem grandes receios, quase deitado na cadeira, de vez em quando a fumar um cigarro e a olhar para a casa branca da contabilidade do Hospital.

– O professor agora parecia a Raquel. É uma colega que está sempre a dizer que devo estar a sentir-me culpado, porque no fundo se tivesse concordado em andar com a Rita ela não se teria suicidado. Mas sabe o que penso? Acho que se passou qualquer outra coisa, não foi só por eu me afastar que ela morreu. Devia haver algum problema que não cheguei a conhecer. Ainda pensei perguntar à mãe, quando nos encontrámos naquele dia horrível de que já lhe falei, mas não fui capaz, ainda por cima com ela sempre a insistir com as chaves do carro... Se quer que lhe diga, não sei se preciso saber a verdade, sofro mais nesta incerteza, mas fico com uma recordação especial da Rita, quero lembrar-me dela viva. Sabe, agora tenho dúvidas se não estava apaixonado por ela, se o que aconteceu não foi mesmo eu fugir com medo de me prender... por isso às vezes sinto vontade de morrer, é nas alturas em que me sinto mais próximo da Rita que me apetece desaparecer... é tudo tão estranho, a minha cabeça está uma confusão, o Pedro e o João é que estão certos, tenho de limpar a cabeça...

Processo de luto, tudo tinha a ver com a morte de duas pessoas importantes para este jovem, diriam os psicólogos de orientação psicodinâmica. O luto é um processo doloroso e prolongado em que o indivíduo procura continuar a existência daquele que perdeu. O rapaz tinha todos os fatores significativos do processo de luto: quebra de autoestima, identificação com o objeto perdido e ambivalência. Ao manter a relação com a pessoa amada, conseguia controlar um pouco a torrente dos sentimentos que doutro modo o dominaria. O processo, contudo, não estava a ser eficaz, a ambivalência tornava-o cada vez mais contraditório, como poderia ajudá-lo a sentir de outra forma?

Talvez tivesse razão, pensava agora. Era possível que o suicídio da Rita tivesse significados até aqui não conhecidos, a minha hipótese inicial de uma situação de perda afetiva, em período de enamoramento, poderia estar errada.

Quando os jornalistas perguntam a causa do suicídio e querem obter uma resposta objetiva, estão apenas a tocar a superfície da questão. Só uma investigação detalhada pode esclarecer um pouco o fundo do problema, ao tentar compreender e relacionar as diversas variáveis[1]. Neste caso, alguma vez compreenderíamos a morte da Rita? Não estaria a insistir demasiado na questão das mortes? Talvez fosse mais eficaz tentar reorganizar a vida do rapaz, ter uma atuação mais na linha comportamentalista, definir com ele um conjunto de problemas e estratégias para os resolver.

[1] O suicídio costuma ser estudado a partir de uma investigação retrospetiva denominada «autópsia psicológica», na qual se tenta compreender o papel do sujeito na sua morte, após entrevistas com os familiares e amigos do suicida.

(Em 1980, na Georgetown University, Murray Bowen, olhos claros e atentos ao que eu questionava: se quiser aprender uma técnica para obter alguns resultados com as famílias, vá ter com Haley. Não é difícil encontrar estratégias, o que é complexo é compreender as famílias. Nada se consegue sem uma teoria. Eu tenho uma, não sei se está certa, mas permite-me estar com as famílias.)

Murray Bowen e Carl Whitaker, recordo-os uma vez mais, agora que estou sentado à frente do Nuno e já conheci a família. A trabalhar em época da cibernética de 1.ª ordem, a sua prática era de tal modo inovadora que abriu caminho às concepções atuais. Com eles aprendi como é necessário interagir com o indivíduo e a família, investigar, contribuir para a reorganização, metacomunicar, até que uma nova narrativa familiar possa emergir e todos os elementos do sistema familiar evoluam para uma fase diferente.

Quando convenceremos os militantes da educação sexual da importância do amor? Diapositivos, exibições de vídeo, filmes com jovens em círculo numa praia a fingir descontração quando falam de sexo, lições sobre fisiologia sexual, pílulas e preservativos, filas de estudantes sentados em cadeiras desconfortáveis tratados como se fossem todos iguais, alguns em silêncio no período de perguntas com medo de se mostrarem pouco informados (a minha colega Neuza ainda é virgem, mas tem vergonha de o dizer, disse-me uma vez um rapaz num colóquio sobre a adolescência), outros às voltas com o corpo em transformação sem poderem falar do que se passa. Raparigas agredidas por rapazes que tratam os seus seios por *airbags*, um rapaz apaixonado pelo colega do lado, a espreitá-lo às escondidas no balneário, sem poder falar do seu desejo homossexual, quase todos aflitos com sentimentos torrenciais a invadirem noites de solidão ou de desbunda, os militantes da educação sexual sempre a informarem, a informarem, sem uma teoria sobre a família e adolescência, sem verem as diferenças de género.

Poderá ser António ou Pedro, nomes simples de que ninguém fará troça, se for menina, Rita como tu, talvez Sofia ou Isabel, Mariana também gosto embora seja outra vez um nome beto, de qualquer maneira menos que Constança ou Carlota...

... um filho aos dezassete anos de uma mulher que mal conheço, porque não ensinam, no projeto de educação sexual da escola, a maneira de amar sem compromisso? Ou o modo de nos apaixonarmos sem sofrer?

Não, não podia ter evitado a tua morte. Havia um inferno dentro de ti que me assustava, nunca o quiseste partilhar comigo, como era possível abraçar-te se sufocava, perigos, outro alguém que gostaria de ter amado e esqueci, desespero, escuridão, a imagem do teu corpo na escada interior da casa do Meco. Talvez a partida do teu pai explique tudo, disseste-me que ele um dia partiu e mal sabes onde está, outra mulher, uma menina tua irmã que não conheces. Gostava às vezes de ir a tua casa, entrar no quarto que não quis conhecer, procurar indícios, pistas, vestígios, factos que te tragam de volta, talvez um diário de que nunca falaste (li na Net, *no* site *sobre suicídio, que as pessoas que morrem assim costumam escrever diários), fotografias tuas em criança guardadas em álbum (como a avó Teresa costuma mostrar), desenhos antigos, CD com as músicas preferidas.*

Ver-te de novo, a tua cara achatada e o olhar tranquilo, se me prometeres que voltas até pode ser Lourenço ou Constança, se viveres até sou capaz de compreender os betos lá da escola, vou aos colóquios de educação sexual e ponho toda a gente a falar de amor.

Se for verdade que morreste (como sei que é) já disse ao médico que quero partir para outra, pode ser que a Mónica não ande com ninguém e me aceite de novo, ou então vou fazer como o Pedro e o João e será mesmo diferente, «vou privilegiar o momento», como disse a psicóloga no colóquio a propósito dos rapazes, farei o 12.º ano e entrarei na faculdade para sossegar os meus pais, Estudos Portugueses ou Direito, não me importava de ser jurista como o avô e a mamã, vou dizer ao médico que já me ajudou muito e não quero voltar ao hospital, doentes de pijama a pedir dinheiro, velhos a murmurar pelos cantos, colchas de cornucópias nas camas, médicos a correr de um lado para o outro sem falarem a ninguém, o gabinete do médico com uns canos à mostra.

Serei capaz de amar outra rapariga que não exija tanto, no fundo fiquei com medo, receio não ser capaz de te dar de novo prazer, disseste que nunca tinhas sentido nada parecido, fiquei contente e aflito ao mesmo tempo, tenho só dezassete anos...

... por isso agora, quando este médico me ajudar a esquecer-te, vou andar com alguém devagarinho, mão na mão durante muito tempo, conversas telefónicas, curtir aqui ou acolá mas sem me prender muito, também não espero encontrar depressa o amor da minha vida, amor que poderias ser tu e não quiseste, ou se calhar fui eu que não quis porque tive tanto medo, tu morreste de suicídio mas eu é que fui cobarde. Poderia ter andado por Lisboa a teu lado, no Punto *a abrir como sei que gostavas, banco muito encostado à frente para não doerem as costas, voltarmos ao Meco, ou então à Praia Grande, amêijoas negras junto à praia às seis da tarde, pontos escuros de surfistas ao longe no mar, vento, nevoeiro a não deixar ver as rochas do fundo, eu a comer espetada e meia na Adega do Coelho e tu, em esforço a acabares a tua metade e a dizeres que estava muito bom (foi a única vez que jantámos*

fora), depois outra vez no Punto *até Lisboa, curvas, pinhais estragados por casas de apartamentos, tenho a certeza de que um dia vou encontrar alguém que me ame, como o papá amou a mamã, naquela noite das bodas de cristal dos amigos.*

Preciso voltar atrás, a um momento que deixei fugir, numa psicoterapia é preciso estar muito atento e tenho a sensação de que me perdi.

– Nuno, vamos voltar a essa ideia de «limpar a cabeça». Como tem corrido a escola? Talvez fosse bom organizarmos um pouco o dia-a-dia. Ter o tempo preenchido e tentar cumprir o combinado, isso pode ajudar.

Tinha pousado um *dossier* acinzentado na cadeira ao lado, capa amarrotada cheia de desenhos, nomes, pedaços de poemas inacabados, que já conhecia de anteriores sessões.

– Aconteceu finalmente uma coisa boa. A professora de Português gostou de um poema que eu fiz. Trouxe uma fotocópia para si.

Um poema em cerca de vinte linhas passado a computador, bem ao centro da folha, um desenho de uma árvore estilizada no canto inferior direito. Palavras como sempre bem escolhidas, algum ritmo, sobretudo sentimentos, raiva, abandono, tristeza. Tive dificuldade em falar, disse-lhe apenas «gostei» e coloquei o poema na minha pasta.

– Consigo agora fazer alguns planos. Tem-me feito bem falar consigo, embora não perceba porquê. Já saí à noite com os meus amigos e não foi mau, também acho que sou capaz de começar a estudar.

Disse-lhe que estava contente com os progressos feitos, mas que precisávamos de continuar a trabalhar. Ainda deviam existir muitas coisas importantes para refletirmos em conjunto...

* * *

Era hora do café no serviço, ao longe ouvi o «Parabéns a você», lembrei-me que uma doente com anorexia nervosa fazia anos e não queria faltar.

7

É a primeira vez que vou jogar futebol desde que a Rita morreu. Talvez agora possa sentir de novo o corpo acelerado, ouvir os gritos do Pedro e do João quando a bola não lhes chega em condições, imaginar que um dia vou ter a minha namorada a assistir, aos saltos de alegria quando marcar um golo.

Talvez consiga andar como uma rapariga parecida com a do Ricardo. Não usa calças demasiado justas, não tem a mania dos copos como nós e ainda não fez amor com ele, coisa que o irrita mas que acho muito bem, porque só andam há um mês. Até curte futebol e é do Sporting, o que para mim e para o João é fundamental. Vai ver hoje o nosso jogo, oxalá goste, pode ser que tenha uma amiga para me apresentar. O meu pai gosta muito de futebol, às vezes vai ver-me jogar, quando era pequeno jogava futebol de salão num torneio da praia e ia pedir-lhe opinião no intervalo das jogadas. Tinha sempre alguma coisa para dizer, «Nuno, não deixes subir o defesa pelo teu lado, remata de longe porque o guarda-redes deles é um furo, vai à frente e atrás, não jogues parado, boa, boa, Nuno», no fim aparecia sempre para me animar. Perdemos uma vez a final do torneio, o árbitro estava contra nós e a outra equipa tinha um grandalhão que devia ter mentido na idade, o Pedro foi expulso quatro minutos porque disse que a arbitragem estava a ser uma merda, chorei agarrado ao meu pai quando vi os outros a receber a taça, nunca foi fácil para mim essa ideia do fair-play*.*

Pai, lembras-te, o Pedro saiu e sofremos logo um golo, fiquei com tanta raiva que fui ao centro e atirei a bola do meio-campo para a baliza assim que o árbitro apitou, ouvia a tua voz junto à baliza a gritar «calma, Nuno!», o Pedro entrou depois e corria o campo todo, tive uma oportunidade sozinho em frente da baliza e atirei por alto, o Diogo disse-me a correr «devias ter parado a bola, Nuno» e num instante o jogo acabou, perdemos por 2-1 e a taça fugiu-nos, agarraste a minha cabeça contra o teu peito e ficaste ali quieto enquanto eu soluçava.

Pai, talvez possas ir ver o nosso próximo jogo, conseguimos de borla o campo da escola do Ricardo, podes ficar na bancada ao lado da namorada dele, agora não dá jeito que grites para dentro do campo, embora não esteja em boa forma nunca costumo ter grandes dificuldades nos jogos, preciso que tudo corra bem para ganhar autoconfiança, não acha, professor?

Pai, sobretudo não apareças com a mãe, não percebe nada de futebol, grita quando caio no chão, deve pensar que me vou partir todo, desde muito pequeno que me ensinaste a cair como me ensinaste a fintar, punhas camisolas no chão, alinhadas em pequenos espaços para as tornear com a bola, fazias de treinador de futebol ou de árbitro sempre com nomes estranhos que já não recordo, a mãe não, quando ia ver os jogos dizia sempre que o futebol é uma coisa muito violenta e que nós dizíamos muitos palavrões, era uma vergonha aquelas palavras com toda a gente a ouvir, por isso, pai, vê se deixas o escritório um bocadinho mais cedo, o jogo é ao fim da tarde e faz-me bem se lá apareceres (sei que o professor gosta de futebol)...

... vou jogar futebol de onze como tu gostas, sempre achaste o futebol de cinco pouco interessante, vou alinhar a trinco a recuperar as bolas como me ensinaste, espero que o Pedro não se tenha deitado tarde e metido nos copos, pode ser ainda que telefone à miúda que anda com o Ricardo e lhe diga para levar uma amiga gira, ou então peço ao Ricardo que faça isso por mim. A outra equipa é de uma escola da Linha, se calhar são uns betos quaisquer...

... José Maria, Salvador e Martim...

... já não sinto tanta raiva aos da minha escola, ontem até um deles me tocou no ombro quando passei no corredor, deve saber da morte da Rita, estas notícias correm depressa e, além disso, não há motivo para segredos, como já disse não tive culpa de nada e o que interessa é que estou a dormir muito melhor, já não acordo a meio da noite e por isso não vou à cozinha comer, já me estava a sentir com barriga, vai tudo desaparecer se começar a jogar futebol pelo menos uma vez por semana e sobretudo se o jogo me correr bem hoje...

... Rita, esse era um aspeto que não tínhamos em comum, pouco sabias de futebol, ainda conseguias saber menos que a minha mãe, não compreendias como eu, o Pedro e o João passávamos horas a discutir um remate ou uma defesa, jornais desportivos lidos por inteiro, tu sempre com um livro ou uma revista de moda, achavas os jogadores de futebol uns chungosos, fazias troça dos seus carros cheios de cromados e dos putos a pedirem autógrafos, nunca tinhas ido a um jogo de futebol nem sequer vias pela televisão, quando queria esquecer-te pensava que isso era uma coisa que nos dividia, como podia andar com uma rapariga que não gostava de futebol?

Talvez o jogo de hoje me faça sentir outra vez bem. Preciso. Quero conhecer outra vez o meu corpo, ficar cansado no duche, no dia seguinte ter dores nas pernas mas estar descontraído, gozar com o telefonema do João para o Pedro a dizer que tinha sido o melhor, conseguir escrever outro poema (a professora disse que talvez o vá publicar), quem sabe, talvez um encontro com a amiga da namorada do Ricardo, interessar-me outra vez por uma rapariga, se for possível, não sei.

A verdade é que não vai ser fácil andar outra vez com alguém. O médico diz que ainda estou preso à Rita e deve ter razão. De vez em quando penso na Mónica, na Rita e noutras raparigas e sinto que tenho dificuldade em entender as mulheres. Faz-me falta o avô, com o pai é mais difícil falar destas coisas.

O jogo de futebol acabou neste momento e consegui marcar um golo, é como se sentisse uma nova vontade de viver. Estou agora no balneário do campo de jogos da escola do Ricardo, ao lado do João e do Pedro e em frente ao Diogo. Jogamos há muito tempo juntos. A ideia de formar uma equipa de futebol foi de um rapaz mais velho e aconteceu na praia onde passamos férias. Lembro-me que nos ia buscar a casa e falava com os pais e avós, até chegar a hora de ir para o campo treinar. Como já contei ao médico, recordo muito o meu pai nessas ocasiões, agora infelizmente não o sinto tão próximo, acho sobretudo que ele não compreende o que se está a passar comigo.

O João, como sempre, recorda jogadas do desafio e discute os erros do Pedro, desta vez não me critica a mim, deve achar-me ainda com pouca confiança. O João é um cromo do futebol, já jogou um ano federado e o meu pai diz que tem pinta de jogador. Enquanto tiro as chuteiras, ouço-o gabar-se um bocadinho, mas todos nós sabemos que isso faz parte dos nossos jogos e acabamos por achar graça. Gosto muito deste ambiente, os golos e as defesas, os erros do árbitro, a incerteza do resultado, as raparigas junto à linha lateral a olharem para nós e a gritarem palavras de encorajamento.

Foi a primeira vez que estive várias horas sem pensar na Rita. Falei à namorada do Ricardo na hipótese de conhecer uma amiga e gostei da festa na cabeça com que me respondeu. Os meus amigos têm sido a melhor coisa dos últimos tempos.

A família também, não me posso queixar de falta de apoio, mas com os amigos é diferente. Só desde há mais ou menos três anos é que compreendo a importância dos amigos...

Lembro-me da escola primária, um edifício antigo recuperado, centenas de miúdos aos saltos, uma professora mais velha aos gritos no pátio, as aulas a correrem, sem nunca me interessarem muito. Como sempre tive a mania do futebol, recordo jogos na parte de trás do colégio, um professor de Educação Física a arbitrar e a impedir que nos zangássemos, vitórias e derrotas sucediam-se em cada dia e eu chegava a casa muito vermelho e com os ténis em mau estado. O que mais custava era o transporte na carrinha da escola, um velho autocarro com um motorista com a mania das piadas, percursos intermináveis pela cidade, de manhã muito cedo com os alunos ensonados, ao fim da tarde por entre filas de trânsito, entretidos com as graças ou em empurrões na parte de trás, por vezes a evitar restos de vomitado do colega do lado. Tinha medo do Gustavo, grandalhão da 4.ª classe cheio de êxito com as meninas, perito em anedotas e rasteiras, uma espécie de rei da carrinha que mandava até no motorista. Como eu tinha jeito para a bola, o Gustavo não se metia muito comigo e acho que nem chegou a perceber os meus receios.

Não sei se é por andar a falar com o médico, o certo é que não faço outra coisa senão recordar. Voltei a pensar no colégio da pré-primária, edifício baixo em mau estado, aulas escuras com dezenas de desenhos pregados na parede e brinquedos em parte desfeitos, chão do recreio empedrado ou com areia, aqui ou acolá enormes pneus para agarrar e saltar. A educadora gostava muito de mim, tenho agora a sensação de que às vezes me protegia sem se dar conta, sobretudo porque não era nada exigente com os trabalhos manuais. Sou canhoto, o que dá jeito para jogar à bola, correr junto à linha para depois executar um centro primoroso, mas não é muito útil na escola. Na pré-primária tínhamos o chamado picotado, um desenho pouco interessante assente numa espécie de esponja, era preciso destacar o recorte picando-o com uma agulha especial. No meu caso resultava quase sempre num produto final de buracos, com pouca ligação com o original. A educadora que, para outros meninos, estava sempre com dores de cabeça, guiava a minha mão com agulha e conseguia corrigir o desenho, sem esquecer uma simpática palavra de estímulo.

O pior era a hora de repouso obrigatório, passada a seguir ao almoço numa espécie de cave, eu e os meus colegas amontoados em pequenos colchões de espuma, gritos de uma professora responsável pela vigilância, de novo empurrões, mais berros e meninos a chorar, depois a fingir que dormia para que ninguém me dirigisse palavra, às vezes de mão dada com a Patrícia, a fazer de namorados como nos filmes da televisão.

Tantas memórias, velho colégio, tive saudades quando o deixei para entrar na escola oficial, um 7.º ano cheio de alunos repetentes, professores aos gritos sem conseguirem dar as aulas, suspensões quase todos os meses sem qualquer resultado, lá me fui safando, como sempre, com o meu gosto pelo Português e o à vontade com a bola.

São tudo pequenas coisas, assuntos sem grande importância, factos do passado que vejo saltar em frente dos meus olhos, para mais tarde regressar a ti, Rita. Voltar à tua cara achatada e tranquila, ao teu sorriso ao canto da boca, ao momento em que te deixei depois da noite no Meco.

Sei agora que me ensinaste o amor. Sinto que vivi contigo uma coisa tão intensa que não sei se serei capaz de a experimentar de novo. Foi bom. Onde quer que estejas, quero dizer-te que foi tão intenso e profundo que não aguentei. E o pior de tudo, Rita, foi o que se passou depois, o receio de me envolver de novo, o medo de ficar ligado a ti para além daquela noite. Creio que não estou a desculpar-me, quando penso que quis guardar dentro de mim a força daquele momento. Penso que estou a ser sincero quando receei que o hábito pudesse estragar o nosso amor. Acho que os meus pais, por exemplo, gostam um do outro, mas estão tão acostumados a um dia-a-dia sem nada de especial que já não conseguem entusiasmar-se com o casamento. Podes pensar que estou a dizer-te isso agora como desculpa, porque a verdade é que querias continuar e fui eu que fugi, mas o certo (podes acreditar) é que houve uma parte de mim que quis guardar-te como te conheci na noite do Meco, existiu uma zona cá dentro que te quis manter, sem que a passagem do tempo pudesse alterar. Quis guardar-te junto a tudo o que tenho cá dentro, bem perto do mais íntimo que possuo. Sei que não vou voltar a ouvir os teus passos de amor no silêncio da noite, a vida agora tão inquieta pesa nos meus ombros, estou cansado de chorar a raiva de teres partido, mas quero que saibas que não te esquecerei. Preciso de dizer isto centenas de vezes, necessito confirmar em mim a força que o nosso amor me deixou.

Às vezes, Rita, há como que um pavor do nada à minha volta, sobretudo à noite, quando toda a família se vai deitar e fico sozinho no meu quarto, às voltas com um jogo de computador ou com o meu correio eletrónico...

«... apetece-me encontrar-te de novo no caminho...»

Acabo por adormecer de cansaço e sonho contigo, ou então imagino que vais aparecer a meu lado, beijos de esperança na luz da manhã, para podermos começar tudo de novo, desta vez sem ir embora e sem deixarmos chegar a rotina que assusta. É só por momentos esta ideia, depois desperto de vez e sei que estás no cemitério ao pé do avô, lembro-me que tenho de voltar às aulas e acabar o 12.º ano, mais tarde Estudos Portugueses porque o Direito deve ser aborrecido e com muita coisa para decorar, quem sabe talvez possa andar com outra rapariga ou apenas encontrar alguém para curtir...

... a verdade é que, como me ensinaste o amor, não sinto grande entusiasmo com encontros só de uma noite e não sei se sou capaz de me apaixonar de novo, por isso vou falar mais com o médico e tentar encontrar um caminho, às vezes fico como que a aguardar o teu regresso, noutros momentos apenas contigo dentro de mim, para viver a vida de outro modo.

O pai do Nuno telefonou hoje. Quando esperava que falasse do filho, transmitiu-me a dificuldade que estava a sentir com toda a família. À medida que aumenta a minha experiência como psicoterapeuta de adolescentes, cresce a convicção sobre a necessidade de alargar o foco de intervenção. Vejo todos os dias jovens em tratamento psiquiátrico sem que os seus pais, responsáveis pela educação, compreendam o que se está a passar. Observo como as adolescências patológicas determinam profundas alterações nas famílias, que um tratamento bem estruturado necessita ter em conta.

No caso do Nuno, um adolescente sem história psicopatológica, mas a viver um momento importante de perda relacional, não podíamos esquecer a família, a recuperar do luto da morte por suicídio do avô e ao mesmo tempo a procurar resolver as dificuldades do rapaz.

O pai pretendia antecipar a sessão de terapia familiar, marcada para uma semana depois, e ao mesmo tempo solicitava que a sua sogra não estivesse presente. Resolvi, sem grande justificação, dizer não ao primeiro pedido e aceitar o segundo. Fiz a fantasia que o pai me queria falar da relação conjugal, o que faria sentido à luz da perspetiva sistémica do ciclo de vida familiar. Tratava-se de uma família com adolescentes, com uma vasta série de problemas existentes nessa época de vida, como o dilema entre manter o controlo familiar e partilhar responsabilidades com os mais novos, assegurar uma comunicação aberta à crítica recíproca e manter a tranquilidade necessária para o crescimento emocional, viver as dificuldades de cada um sem invadir a sua privacidade. Todas as famílias com adolescentes necessitam debater estas questões; no caso da família do Nuno tudo ganhava maior ressonância face às mortes do avô e da Rita. Era, por isso, essencial continuar as sessões com a família, trabalhar ainda mais o processo do luto e discutir o caminho para a autonomia de Nuno, perturbado pela sua perda recente. O meu mestre americano Carl Whitaker considerava o adolescente em dificuldades psicológicas como alguém que tenta manter a ilusão da idade adulta, ao mesmo tempo que se esforça por estabelecer uma distância geográfica ou psicológica face à família de origem. Na fase da adolescência, ocorre a crise psicossocial «identidade – difusão da identidade», como a define Erikson, sendo importante que o processo terapêutico tenha uma dupla vertente individual e familiar. Whitaker falava ainda da necessidade de aumentar o *stress* interpessoal, de modo a trazer à superfície situações de dificuldade até aí ocultas.

Pensava na família do Nuno. Estava a conseguir estabelecer com o adolescente uma importante aliança terapêutica e sentia que, no intervalo das sessões, ficávamos a pensar na terapia e na forma de a tornar mais envolvente e eficaz. As sessões familiares tinham permitido trazer à superfície um assunto até aí um pouco escondido (o suicídio do avô), ao mesmo tempo que pareciam ter sido momentos de partilha importantes para todos. A presença da avó na sessão tinha possibilitado compreender um pouco melhor a história da família e fortalecer os laços transgeracionais, aumentando a unidade intrapsíquica familiar. Talvez fosse agora importante saber o que se passava com a díada parental, cujo relacionamento atual não era para mim muito claro. Por isso aceitei, provisoriamente, a ausência da avó, de modo a compreender e atuar mais perto da família nuclear.

Quando entraram no gabinete, vi logo que tinha acontecido alguma coisa importante. A Susana não trazia o habitual álbum de banda desenhada e ficou abraçada à mãe, sentadas ao canto da sala, sem olharem para os homens da família. O pai e o Nuno colocaram as cadeiras bem à minha frente e cada um parecia esperar que o outro começasse a falar.

Havia muito barulho no serviço. Estudantes de Medicina e de Enfermagem circulavam pelos corredores, à espera que alguém explicasse as atividades programadas. Delegados de informação médica abriam enormes pastas negras e estendiam folhetos e esferográficas a médicos apressados, que atravessavam o serviço sem falarem a ninguém. De vez em quando uma enfermeira atendia o telefone e gritava o nome de um médico há muito ausente. Vários doentes conversavam no corredor, enquanto esperavam por uma consulta médica ou pelo anúncio da alta. Na sala de terapia ocupacional o espaço parecia ainda mais exíguo do que o habitual, uma senhora de meia-idade repetia «não pode ser, não pode ser», um jovem pedia cigarros e dinheiro para um café, dois doentes de pijama sorriam e abanavam as cabeças.

Solicitei que não interrompessem durante uma hora, coloquei na porta o aviso «Não bata à porta sff» e pedi à família para começar a falar. Foi o pai quem tomou a iniciativa:

– Há dias aconteceu uma coisa horrível, professor. Falo à vontade do que se passou porque os miúdos acabaram por assistir a tudo. E também acho que pode ser bom darem a opinião sobre o que se está a passar. Quando lhe telefonei a pedir para antecipar a sessão, tinha imensa necessidade de falar, embora ainda não pudesse prever o que se passou.

Tinha-me esquecido de desligar o telefone, era mais um jornalista a pedir elementos sobre o tratamento da anorexia nervosa. Tive pena de não poder propor que se ocupasse antes da esquizofrenia ou da doença bipolar, situações muito mais frequentes e que infelizmente não suscitam o interesse dos meios de comunicação social. Ainda houve tempo para recomendar a leitura de alguns livros e propor que tratasse das más condições de atendimento dos doentes com patologia do comportamento alimentar, mas o olhar crítico do pai forçou a que desligasse para ficar de novo atento.

– Estamos com um grande problema. Não consigo falar com a minha mulher. A Madalena não me presta atenção, deixa as conversas a meio e vai a correr fazer um telefonema ou acabar qualquer coisa que deixou por fazer. Tenho feito um grande esforço para sair da empresa um pouco mais cedo, às vezes estamos todos em casa e podemos jantar cedo, só que está tudo desorganizado. A nossa empregada já deixou de fazer o jantar, a verdade é que ninguém o comia. O Nuno e a Susana têm a mania das *pizzas*, estão sempre a telefonar a encomendar, a Madalena convenceu-se de que está gorda e só come um iogurte magro, chego a ficar sozinho à mesa durante o jantar e, é claro, acabo por ligar a televisão e espreitar o telejornal. Já várias vezes chamei a atenção a todos, não consegui nada. Tenho estado numa tensão enorme com tudo isto, agora já não é só o Nuno que precisa de ajuda e me preocupa, todos necessitamos falar. E como estava muito nervoso, descontrolei-me noutro dia, era isso que queria dizer quando falei numa coisa horrível.

Fez uma pausa para acender um cigarro e reparei que estava emocionado. Vestia de modo clássico, casaco azul com botões metálicos, calça amarelada, camisa com pequenos quadrados azuis e gravata azul de seda. Impressionava a sua inquietação. Tinha lágrimas nos olhos e um leve tremor nas mãos, mais visível quando fumava, o tronco um pouco fletido para a esquerda numa atitude de expetativa.

Pensei que sabia muito pouco sobre este homem. A morte do sogro e o suicídio da Rita, temas principais na psicoterapia do Nuno, tinham feito com que não tivesse dado muita atenção à forma como poderia estar a vivenciar este momento. E interroguei-me também sobre se não estaria a privilegiar o eixo materno da família, interessado na avó Teresa e no avô Augusto, tal como, de certo modo, tinha acontecido com a minha própria história...

– Deixe-me voltar um pouco atrás, antes de contar o que se passou. É que custa muito falar disso, preciso ganhar balanço. O professor não me conhece, tem-se dedicado sobretudo ao Nuno e ainda bem, fui eu aliás quem pediu que tomasse conta dele, porque o sentia cada vez pior, depois da morte da Rita. Percebi agora que talvez se tenha começado a deprimir depois do falecimento do avô, só que na altura não me apercebi de nada.

»Tenho muitas saudades de Bragança. No outro dia, pode crer, acordei com o sabor das alheiras. Vocês podem rir, o professor se calhar acha isto uma estupidez, em toda a parte existem à venda alheiras de Mirandela, mas as da minha infância e juventude são diferentes, são caseiras, sei lá...

»Lembro-me de em pequeno subir às ameias do castelo para observar a cidade, recordo-me da primeira namorada e de a levar a tomar café numa pastelaria do centro da cidade, a observar fotografias emolduradas de Bragança coberta de neve, depois passear de bicicleta ou fazer piqueniques no Parque de Montezinho...

»Se calhar continuo um homem do campo, apesar de economista a trabalhar numa multinacional gosto é da tranquilidade da província... Tenho, por isso, um sentido de família muito especial. Em casa dos meus pais ainda hoje se demora muitas horas à mesa, comem-se sempre vários pratos e fica-se a conversar durante muito tempo!

»O Nuno diz que se aborrece em Bragança e eu tenho pena. Como sabe, tem a mania das discotecas e diz que as de lá passam músicas de que não gosta. Acho que não é bem por isso, o Nuno é muito agarrado aos amigos e deve sentir a falta deles lá em cima. O certo é que, a pouco e pouco, nos vamos afastando e eu sinto uma saudade imensa...

»Não quero que o professor pense que estou a fugir do assunto. Há uns dias, julgo que foi na quarta-feira, tentei mais uma vez sentar todos à mesa. O Nuno estava a tomar banho, a Susana a ler no quarto e a Madalena a saltar de um lado para o outro, sinceramente não percebi muito bem o que andava a fazer. Tive o cuidado de chamar todos, tenho a certeza de que estava calmo e bem-disposto, mas sabe o que a mãe do Nuno disse? Que estava farta de ser controlada e criticada, depois da morte do pai não tínhamos o direito de a impedir de fazer o que muito bem entendesse... e de repente começou aos gritos, a dizer que estava farta da vida de casada, ninguém a apreciava em nada, lá em casa cada um só pensava em si e ela é que tinha de pensar em todos...

The battle fatigue mother[1], exclamaria Carl Whitaker em situação semelhante, recordei no momento em que o pai fez uma pausa para respirar fundo. A mãe ocupada com a profissão, que se sente um pouco explorada em casa, quase sempre por falta de apoio afetivo do cônjuge ou problemas nos descendentes. Estávamos a entrar num momento difícil da terapia familiar, o que acontece sempre que, a partir do problema de um dos filhos, tocamos na eventual disfunção do casal. O terapeuta interroga-se então se vale a pena aprofundar as questões da relação entre pai e mãe, ou continuar centrado nas dificuldades do adolescente. Alguns técnicos continuam a ver a terapia familiar com sessões terapêuticas de todo o conjunto familiar, esquecendo-se de que é possível trabalhar de vez em quando com subsistemas, por exemplo efetuar sessões só com os pais ou só com os filhos. Neste caso, perguntava a mim próprio se seria conveniente reunir com o casal em separado, quando o pai retomou o seu relato:

– E foi então que aconteceu a tal coisa horrível de que falei há bocado. A Madalena continuou a falar cada vez mais alto, a gritar que já não aguentava mais, era tudo por minha culpa que só me preocupava com a hora das refeições e não ligava a mais nada, sobretudo não me importava com ela, que se sentia cada vez mais sozinha... e o que seria melhor era dar atenção às minhas amiguinhas da empresa, sempre a ligarem para o telemóvel a deixar mensagens!

[1] A luta diária torna a mãe cansada e irritável.

»Então descontrolei-me, eu que sou um homem mais ou menos sereno, também desatei aos gritos, disse para se calar imediatamente, soltei um palavrão que sou incapaz de repetir aqui... e o pior é que tudo só acabou quando lhe dei um empurrão e a fiz sentar no sofá. Foi nessa altura que os miúdos apareceram na sala e tivemos de compor as coisas à pressa, mas é evidente que ouviram os gritos todos e ficaram muito aflitos. A Susana abraçou-se à mãe a chorar, a perguntar se nos íamos separar, e o Nuno, que tem vergonha de fumar ao pé de mim (embora eu saiba que ele fuma), acendeu dois cigarros seguidos e ficou a olhar para a parede sem nada dizer.

»Devo dizer que não sei o que me irritou mais, se os gritos sobre a minha falta de atenção aos outros, se as piadinhas sobre as amigas da empresa. Sempre achei que devíamos respeitar o trabalho de cada um, nunca fiz quaisquer comentários aos colegas de escritório de advogados onde a minha mulher trabalha, nem comentei telefonemas que recebe. Pensei que existia um casamento sólido e que já tínhamos ultrapassado a época dos ciúmes! É muito difícil nos primeiros cinco anos, depois acho que se consegue um equilíbrio, parte-se para a construção de um relacionamento que os filhos e a casa ajudam a conservar. Era assim que pensava, agora é como se pusesse tudo em causa...

Achei que era importante traçar uma fronteira na sessão. Pedi aos dois filhos que se afastassem um pouco, depois de ter separado a Susana da mãe. Fiz com que se sentassem mais à direita, junto a um armário metálico onde guardo livros e papéis, cheguei o casal mais para o outro lado, de modo a ficarem quase pegados à minha bela secretária de madeira, conseguida do hospital antes que fosse para o lixo. Procurava testar a coesão conjugal, ao mesmo tempo que acentuava a necessidade de os filhos ficarem o mais possível afastados do conflito. A mãe pareceu perceber as minhas intenções e comentou em voz suave:

– Tudo isto é motivado por coisas que estão a acontecer na nossa família. Estamos todos aflitos, essa é que é a verdade. Tenho de confessar que fui eu quem começou a descontrolar-se, mas sinto-me muito sozinha. No escritório, os colegas não têm sensibilidade para estas coisas de família, por isso continuam a dar-me muito que fazer. E tenho andado muito preocupada com o Nuno, acho-o muito em baixo, só agora parece um bocadinho melhor. Deve ser por isso que sinto que preciso mais do meu marido, mas ele não reconhece isso, está sempre desatento e preocupado com regras, fico furiosa e apetece-me partir tudo e ir embora...

Deixei que todos ficassem em silêncio por um momento. Chamei depois a atenção da família para a fase do ciclo vital em que se encontravam, seria preciso fortalecer a união do casal, para responder às solicitações do processo de autonomia adolescente. Até que ponto conseguiriam unir esforços nesta época da vida, sem que isso pusesse em causa o espaço e os interesses de cada um?

O pai não perdeu esta oportunidade:

– Por estranho que possa parecer, ficámos mais próximos depois daquela cena toda. Os miúdos foram impecáveis, não fizeram nenhum comentário, mas estiveram muito atentos a nós nos dias seguintes. Eu e a Madalena conseguimos falar, estamos um pouco mais calmos, mas sinto que é necessário fazer alguma mudança mais profunda...

Com um pequeno gesto, dei a palavra à mãe:

– Sabe o que penso, professor? Deixámos de namorar, há muito que temos estado só a pensar no trabalho e nos filhos...

* * *

Acho estranha a pouca importância que o médico me está a dar. Afinal estamos aqui por minha causa, pelo amor que perdi e pela morte que chegou, ainda quase não me dirigiu palavra e só parece interessado nos meus pais. Bem sei que eles tiveram uma grande discussão, mas espero que estas consultas de família não vão agora entrar por aí, porque se isso acontecer não volto mais. Fiquei com a ideia de que era bom falarmos todos para ajudar a resolver a morte da Rita, não quero lavagens de roupa suja em público. Se isto não parar, vou ter de fazer alguma coisa, embora não saiba muito bem o quê.

Muitos dos meus colegas têm problemas porque os pais se dão mal, outros têm mesmo os pais divorciados. No outro dia, na aula de Filosofia, a professora quis saber por que tinha baixado um pouco a média no último teste, seria porque estava com problemas lá em casa? Felizmente a Leonor cortou logo o assunto e disse que eu me dava muito bem com os pais, o que não deixa de ser verdade. Talvez eles estejam agora enervados por minha causa, aborrecidos por não me conseguir libertar de tudo o que se passou e tenham discutido por causa disso...

Rita, como vês estás sempre presente. É como a ligação entre nós, que receei nos continuasse a prender. Volto a ver-te, e no fundo espero cada dia. Há-de existir um momento em que todos partirão e tu continuarás viva. Despertaste qualquer coisa em mim, tens de criar o que é teu!

Pensei há pouco que tornava a ver-te. Talvez não. Não sou capaz de dizer o que deveria confessar-te: é que estou contigo sem te tocar, desde sempre e até ao fim.

Ando à tua procura, será que te encontro? Estou aqui. Sou diferente, a minha pele mudou mas conserva o teu cheiro, mudei de ódios (já não me importo com os betos da escola), estou a pouco e pouco a ganhar gosto à vida, mas não te esqueço. Será que me recordas? Lembras-te, como eu, do mais pequeno pormenor da casa do Meco? Ou deixaste mergulhar tudo no silêncio da tua partida, na desordem da tua morte? Ficou um fio da nossa vida na tua memória?

O rapaz está de novo tão triste que tenho de o pôr a falar. Sinto-o outra vez distante, com aquele olhar nostálgico que conheci nas primeiras consultas. Talvez fosse mais correto ter feito uma sessão só com o casal e continuar a trabalhar a família no seu conjunto. Não podia, contudo, deixar a mãe sem resposta:

– Acho que a mãe tem razão. Entraram há pouco na década dos quarenta, estão em plena atividade profissional, muitas vezes nessas alturas os casais não deixam muito tempo para si próprios. Gostava de saber um pouco mais sobre a história da vossa relação. Como se conheceram, como viveram os primeiros tempos de namoro, enfim, o que quiserem contar...

Não há dúvida de que o médico pensa que já tenho tudo resolvido. Mesmo há bocadinho, parecia que me ia dar atenção, afinal voltou ao assunto dos meus pais. Tem idade suficiente para saber o que anda a fazer, mas daqui a pouco diz que acaba o tempo e não tive ocasião para dizer nada. Não sei se ele pretende que esqueça a Rita, preciso dizer que não quero que isso aconteça. Além do mais, estou sempre a pensar nela, só há dias no jogo de futebol é que não a recordei.

Não quero fazer como a Rita fez, não tenho outro remédio senão continuar vivo, sei que no fundo gosto de viver e melhores dias virão, como diz a avó Teresa. Quero apenas recolher este vazio, terminar com os sonhos onde abro portas a medo, onde estou só e oiço murmúrios que me angustiam, casas velhas, animais a morrer, precipícios ao pé do mar...

Espero que o pai não traga para aqui uma coisa que contou há tempos. Estávamos a ver um jogo de futebol na televisão, a mãe e a Susana tinham saído. Acho que nessa altura andava com a Mónica, não tenho a certeza, mas deve ter sido, porque o pai fazia muitas perguntas sobre o namoro, devia ter percebido que tínhamos relações sexuais. Nunca entrei em pormenores, acho que não dá jeito falar destas coisas com os pais, prefiro conversar com o João e o Pedro (por isso não percebo muito bem o que queria dizer aquela médica lá na escola, a puxar para que falássemos da sexualidade com os nossos pais). A conversa foi muito gira, nunca tinha ouvido o meu pai falar de mulheres. Sempre pensei que os pais se tinham conhecido em festas universitárias e começado um namoro tranquilo, bem diferente da agitação das minhas curtes. Fiquei a conhecer melhor o pai depois dessa conversa, por isso não gostava que se viesse a saber as hesitações que teve em casar com a minha mãe, uma namoradinha de Bragança deu bastante trabalho, até porque os avós gostavam imenso dela e queriam que o pai casasse com alguém da terra...

– O meu marido estava muito ligado a Bragança, nas férias e em muitos fins de semana fugia para lá, no fundo só nos encontrávamos nos convívios universitários. É, e sempre foi, um homem um pouco desprendido, nunca pareceu dar muita importância às coisas do coração, mas acho que gostámos, e gostamos, muito um do outro. Houve tempos em que pensei que ele queria voltar para Bragança, para perto dos pais, mas felizmente até a profissão ajudou a que ficasse por cá...

– O professor há de ficar a pensar que não gosto de viver contigo... Dá-me vontade de rir se alguém ficar com essa ideia. É por estar tão ligado, por achar que temos uma vida boa, que fiquei tão mal com aquela discussão! Podem dizer que todos os casais discutem, mas daquela vez ficámos à beira de desatarmos à estalada um ao outro! E isso para mim foi terrível, foi como se desabassem de repente quase vinte anos de uma relação que considerava estável...

Começavam a bater à porta, apesar do meu letreiro, o tempo estava no fim. Precisava concluir a sessão:

– Foi bom termos podido falar de outros assuntos e gostei de saber alguma coisa sobre a origem desta família. Sinto que o Nuno e a Susana ficaram um pouco à parte, mas pude verificar que estiveram atentos e a participar com pequenos gestos. Aos pais queria dizer que senti a força da vossa união, agora um pouco abalada por todas as perdas que a família tem sofrido. Talvez se possam organizar para passar mais algum tempo um com o outro...

Era mais uma vez a hora do café, guloso como sou já estava a pensar se o bolo seria de vinagre ou de iogurte.

8

Fui hoje ao cemitério com a minha avó. O táxi percorreu ruas com casas velhas, crianças descalças e sujas, cães e gatos vadios, até nos deixar frente a um enorme portão, no meio de um muro branco que parecia nunca mais acabar.

Trazia na mão um ramo de margaridas para o avô e uma rosa para ti. A avó Teresa subiu uma escada à esquerda de quem entra e caminhou decidida entre túmulos brancos, pedaços de relva mal cuidada e restos de flores, até se ajoelhar ao pé de uma pedra com dizeres simples, Augusto Gomes e o ano da sua morte. Fiquei de pé com as flores na mão, a ladear o avô estavam duas sepulturas cheias de frases e de santos, «eterna saudade» e «por ti sofri», reparei que todo o cemitério tinha pedras verticais com mais ou menos inscrições, não existiam lugares para pôr flores, havia só espaço para pensar.

Já não sei, Rita, se nesse momento chorei a tua morte ou a perda do avô, sei que a avó se levantou e ficámos de mão dada a olhar para o lago do cemitério, lá estavam os pássaros do enterro do avô, famílias inteiras a subir as escadas laterais, uma luz forte sobre a relva e os túmulos, aviões ao longe.

A avó ajoelhou-se de novo para limpar a pedra do avô, guardou num saco de plástico restos de flores e pedaços de terra solta, fez o sinal da cruz e ficou em silêncio. Pensei que se tinha esquecido das margaridas e comecei a encostá-las com todo o cuidado à pedra do túmulo, para evitar que caíssem do modo abandonado de que não gostava. A avó completou o arranjo num instante e disse-me que ainda tínhamos de ir a outro lado. A avó Teresa é espetacular, parece que adivinha o que estamos a pensar, como é possível saber que tenho sempre a Rita na cabeça?

Na receção do cemitério não me senti bem. Perguntaram a data da tua morte, aí não foi difícil, como podia não saber? O problema é que perdi a noção do tempo, não sei se passaram dias ou semanas, às vezes parece-me que foi ontem, depois paro para pensar e julgo que foi há anos.

O funcionário olhou para nós enquanto procurava o teu nome num livro enorme, preenchido com letra desenhada em divisões impressas, julguei perceber um registo de funerais, quando o encontrou perguntou se éramos da família. Foi nesse momento que me senti mal, fiquei com a boca seca e o coração acelerado. Família, eu? Como explicar-lhe que nem namorado fui, quase não cheguei a andar contigo e, no entanto, tenho agora a certeza de que te amei e te perdi?

Foi um amor impossível de que ninguém podia libertar-se. Sei que fui eu quem destroçou, dia após dia, a beleza de te ter encontrado. A única certeza que tenho agora é que, à noite, peço para estares de novo comigo, para que o dia não volte demasiado cedo e a rotina me afaste de ti. Embora só te negasse por momentos, fui eu que me afastei, por isso quero recuperar-te dentro de mim, serei capaz?

Caminhei com a avó até ao sítio onde estás, no lado oposto ao avô, depois de termos rodeado o lago por um caminho empedrado, a ver de novo pássaros e relva esburacada, pessoas de negro em fila indiana, flores abandonadas, montes de terra em sepulturas incompletas.

A tua pedra é parecida com a do avô, branca, vertical, enterrada na relva, o nome em letras simples e direitas em cima, a terrível data da tua morte no canto inferior esquerdo. Mais nada. E que mais haveria para escrever? O segredo da tua morte, que não conheço? A dor da tua mãe? A reação do teu pai que um dia te deixou?

Fiquei de mão dada com a avó a pensar em ti. A praia lisa do Meco, luz sem mancha, o cabo da Roca no pôr do Sol, um espanto enorme dentro de mim na ânsia de te rever.

A avó caminhou depois para a saída e eu segui-a sem nada dizer.

– Não te esqueças, Nuno, precisas contar ao teu médico a nossa vinda aqui.

Não sei se sou capaz, avó. Já consigo falar nas sessões, habituei-me àquele horrível e velho hospital e ao serviço desordenado, doentes à espera durante horas numa entrada sem conforto, à esquerda um computador num cubículo de vidro, ao fundo à direita uma enfermaria onde não deixam entrar. Tenho dúvidas se serei capaz de contar ao médico a intimidade deste momento, vamos agora no táxi e revejo o cemitério e a rosa vermelha que deixei junto ao teu túmulo, fiquei com os olhos cheios de lágrimas, exausto, só queria chegar a casa e dormir, guardar na memória aquele instante em que a flor te tocou e te senti de novo ao pé de mim.

Como descrever ao médico a serenidade que vivi quando entrei no meu quarto? Computador e aparelhagem, livros e CD empilhados num canto, fotografias da equipa de futebol com o Pedro com braçadeira de capitão, cadernos e livros da escola em monte em cima da secretária, fragmentos de poemas inacabados, a Obra Poética *de Sophia que andava a tentar ler, tudo me pareceu mais real, senti que o corpo me pertencia de novo e que talvez pudesse viver.*

Desde há uns dias que recomecei a estudar com mais concentração. Só gosto de Português e Filosofia, as outras disciplinas não me interessam e acho que não servem para nada. De vez em quando penso nos exames do 12.º ano, testes à procura do que não sabemos, destinos universitários decididos por décimas, tenho sorte em querer Estudos Portugueses, onde a média não é muito alta. Como é um curso com muitas raparigas, pode ser que encontre alguém para andar, continuo a pensar que o estilo da namorada do Ricardo é o que me convém.

O problema é que estou mais calmo, mas esgotado. A seguir aos exames vou passar uns dias a Bragança com os meus avós. Embora ache aquilo um pouco parado, preciso recuperar forças. Talvez a avó se lembre daquelas gemadas com vinho do Porto, logo de manhã nas férias do meu 8.º ano, pensava que necessitava de muito alimento porque tinha crescido bastante. E pode ser que o avô organize passeios pelo Parque de Montezinho, para ficarmos uma noite numa casa-abrigo, a ver as estrelas a cair como quando era pequeno, ou pela estrada de alcatrão até Varges e depois Rio de Onor, aldeia junto à fronteira que recordo da minha infância. Li num guia da região «Rio de Onor, localidade famosa pelas suas tradições comunitárias ancestrais», recordo uma série de pequenas casas de madeira, o avô a guiar-me por uma pequena ponte cheia de pó, depois a explicar que era a primeira vez que eu ia ao estrangeiro, porque dali para a frente deixava de ser Portugal e passava a ser Espanha.

Talvez o pai queira ir comigo. Na consulta de terapia familiar mostrou que estava com saudades de Bragança, fiquei impressionado com aquela confissão sobre as alheiras. Todos tivemos culpa, nunca ninguém puxou para a terra do meu pai e eu próprio passava a vida a dizer que aquilo era uma grande seca. Agora estou diferente. Talvez a mudança mais importante que sinto é que preciso parar para pensar, já não me sinto bem a saltar de umas coisas para outras apenas para passar o tempo, ou à espera de que o próximo momento me dê mais prazer que o anterior.

Gosto muito do meu quarto. Devo aos meus pais a possibilidade que tive de o decorar a meu gosto. Nos últimos anos só mudo pequenas coisas, os posters *de cantores preferidos, a fila da frente da estante com os livros que ando a ler, os poemas mais recentes em cima da mesa. Não gosto de grandes alterações e embora a Susana esteja sempre a dizer que devo trocar a estante com o armário, não sou dessa opinião, nem percebo o gosto que ela tem em estar sempre a mudar tudo. Preciso ter alguma ordem à minha volta. A minha mãe está sempre a dizer-me para arrumar o quarto, tem razão em pequenas coisas como a roupa e os papéis, mas não entende como gosto desta estrutura, bem diz a psicóloga da escola que os jovens precisam de referências estáveis.*

Os meus pais saíram com a Susana, devem ter ido a um centro comercial comprar qualquer coisa para ela vestir, a minha irmã desde que começou a namorar tem outras preocupações com a roupa.

Vou telefonar ao Pedro, mandar vir uma pizza *e ficar em casa a ver televisão, talvez mandar uns* mails *a gozar com o João e depois tentar adormecer cedo, pode ser que esta estranha serenidade que sinto agora me permita uma noite tranquila.*

Há muito que defendo uma abordagem mista, individual e familiar, dos problemas da adolescência. A psicoterapia individual fornece o ambiente necessário para aquele encontro de intimidade singular, característico da relação entre o psicoterapeuta e a pessoa que necessita cuidados. A terapia familiar fornece apoio aos pais e irmãos, todos a viver a crise que uma perturbação psicológica provoca na família, ao mesmo tempo que permite uma redefinição do problema com um foco mais alargado.

A terapia da família do Nuno possibilitou a compreensão da sua história, e a visão transgeracional do problema da morte por suicídio trouxe a necessidade do aumento da coesão da díada parental e ajudou a família a integrar o processo de autonomia adolescente. À medida que o tempo passava, contudo, sentia que era necessário ir mais além na psicoterapia individual. Se bem que a relação fosse agora mais próxima, notava o rapaz ainda muito preso à morte da amiga e com alguma dificuldade em avançar para novos investimentos relacionais.

Numa psicoterapia, é fundamental discutir com o doente a evolução conseguida em cada momento, única forma de enquadrar a intervenção e possibilitar novas alternativas. Parecia-me clara a necessidade de fortalecer a aliança terapêutica, através de uma revisão dos objetivos pretendidos, quem sabe se já modificados pela evolução dos acontecimentos e pelo desenvolvimento da terapia.

O Nuno estava à minha frente e parecia mais tranquilo. Falámos de futebol e de cinema no início da sessão, não pude deixar de me surpreender com o à vontade com que elogiou a preferência clubística e o meu conhecimento dos jogadores do Sporting. Mostrei depois interesse pelos seus poemas, dispersos no *dossier* que transportava. Disse que estava a preparar um conjunto para a professora de Português, se conseguisse organizá-lo gostaria de ter a minha opinião.

Ouvi gritos à porta da casa branca da contabilidade do Hospital, pela janela vi carros em marcha lenta à procura de lugares para estacionar, tarefa difícil depois da onze da manhã, talvez a única forma que a Administração encontrou para castigar o grande número de médicos atrasados. Um delegado de informação abria o porta-bagagens e tirava de lá enormes caixotes de papelão, calculei que fossem pastas de apoio a um congresso ou brindes inúteis, mais tarde deixados pelos médicos em gavetas desarrumadas, ou abandonados nas traseiras dos seus automóveis, até ficarem irreconhecíveis pela ação do sol. Dois carros buzinavam sem parar, os donos queriam sair mais cedo e estavam tapados por retardatários, dois seguranças surgiram aos berros pelos intercomunicadores, em breve os carros mal arrumados seriam contemplados com um dístico enorme «VEÍCULO ESTACIONADO EM LOCAL INDEVIDO» (se fosse um professor catedrático lá teria a empregada de se cansar a fazer desaparecer a cola), estudantes de Medicina saíram em bando de uma aula e percorreram com risos o pátio à minha frente.

Voltei a concentrar-me na psicoterapia. Perguntei pelos estudos e pela reação de todos os elementos da família à última sessão de terapia familiar. É através da circulação permanente da informação que poderemos obter mudanças.

– Acho que fez bem aos meus pais falarem da discussão que tiveram. Fiquei um pouco aborrecido por não me ter dado a palavra na consulta, acho que tinha muitas coisas para dizer. Por exemplo, acho o meu pai pouco firme, tenho a ideia de que precisava de se impor mais. Gosto muito da minha mãe, mas sinceramente penso que está numa fase má, não se pode contar com ela, sempre a correr de um lado para o outro, atrasada nos prazos dos processos, a prometer ser arrumada um dia... Também tenho pensado muito na Susana, lá em casa ninguém reparou que ela começou a namorar! Sabe que não gosto nada de betos, logo havia a minha irmã de andar com um, ainda por cima tem a mania dos copos... Quando saímos juntos ainda dou uma olhadela, não gosto de armar em paizinho e desatar a mandar bocas, só que basta estar presente para eles atinarem, tenho a certeza de que, quando estão sozinhos, bebem de mais. Os meus pais não sabem nada do que se está a passar, a Susana sempre foi muito certinha, muito caseira, ainda hoje sai muitas vezes com os pais e faz-lhes muita companhia. Comigo sempre foi diferente, não sei se é por ser rapaz, desde há muito tempo que gosto de sair à noite. Felizmente os meus pais nunca levantaram problemas, embora tenha a certeza de que não fazem a menor ideia do que se passa na vida noturna.

Era a primeira vez que o via sair do problema, abandonar por momentos o tema das suas preocupações e abordar outros assuntos, começar a comunicar as suas observações sobre o que o rodeava. Se bem que achasse necessário voltar a considerar as suas perdas afetivas, encorajei-o a abordar a relação com os colegas e amigos, outra área importante no desenvolvimento adolescente.

– Sobre os meus amigos já o professor sabe muita coisa. Não tenho problemas. Os meus grandes amigos são o Pedro e o João. Com o Pedro sou capaz de falar de tudo, conhecemo-nos desde a primária, tem-me dado uma grande ajuda com esta questão da Rita. Com as raparigas é diferente. Ainda não percebi muito bem o que é ser amigo de uma mulher, talvez o meu entendimento com a Leonor seja próximo de uma amizade, mas ela às vezes chateia-me muito, é muito crítica...

Deixei-o desenvolver o tema sem interrupções. Ao longo dos anos, procuro cada vez mais conhecer a evolução emocional das pessoas que trato, descortinar o modo como vivenciaram os pontos críticos do desenvolvimento, compreender como o manejo das emoções se entrecruzou com a história de vida das pessoas significativas, encontradas ao longo do tempo. À medida que vão sendo mais bem conhecidos os fundamentos biológicos da doença psiquiátrica, mais importante se torna compreender a singularidade da evolução, determinante do modo de reagir específico de cada personalidade. Essa compreensão só é possível através da intimidade da relação terapêutica, a exigir encontros demorados e frequentes entre terapeuta e doente, de maneira a que a maior diferenciação emocional do terapeuta (em princípio...) sirva de suporte afetivo à pessoa que recebe ajuda psicológica. Tenho para mim que essa intimidade relacional, ingrediente essencial do processo terapêutico, só é possível ser conseguida com algumas pessoas. Tratar com êxito exige grande disponibilidade do técnico, maturidade conseguida na sua vida pessoal, capacidade de criar proximidade com a pessoa em tratamento, compreensão dos seus próprios impasses de desenvolvimento, noção das partes rígidas da personalidade, possibilidade de se dar e estar atento ao sofrimento alheio (*compassion* em inglês). Este vastíssimo conjunto de características torna improvável que um terapeuta tenha verdadeira capacidade de gerar mudança num significativo conjunto de indivíduos. Tal não significa a impossibilidade de ajudar muitas pessoas, que podem ser auxiliadas a encontrar alternativas ao sofrimento, sem que se verifique uma profunda mudança estrutural. Quero referir-me à mudança reorganizativa que certas patologias exigem e um número crescente de pessoas reclama sem que, em muitos casos, lhes seja possível encontrar um técnico experiente e disponível. Já há mais de vinte anos, o grupo de Palo Alto se preocupou com os diversos tipos de mudança: denominou mudança de grau 1 a alteração que ocorre no interior de uma categoria, de um grupo, deixando o sistema inalterável (por exemplo, no sonho eu salto, canto, grito mas continuo a dormir); e mudança de grau 2, a alteração que leva à modificação da lei de composição interna que governa o sistema na sua totalidade (a passagem do sono para o despertar).

Em muitas intervenções terapêuticas só conseguimos uma mudança de grau 1 que, no entanto, tem importantes efeitos benéficos. A questão crucial do processo terapêutico põe-se noutra perspetiva: como poderemos aumentar as possibilidades de, num número crescente de indivíduos a solicitar tratamento, obter mais mudanças estruturais? Será preciso conjugar em permanência conhecimentos neurobiológicos, história emocional do doente e do terapeuta, intimidade conquistada ao longo da viagem que é a psicoterapia. No momento atual, impressiona encontrar tantos jovens psiquiatras incapazes de olhar para dentro de si próprios, sem possibilidades de obter a narrativa emocional dos doentes a seu cargo, fatigados pela permanente tentativa de categorização da pessoa que têm à frente, em manuais de diagnóstico psiquiátrico, cheio de chaves decisórias, organizadas à luz dos sintomas e dos critérios da doença.

– Vi num filme uma coisa gira. Uma mulher teve de inventar que a mãe tinha morrido para que o psiquiatra se concentrasse no seu problema. Pela minha parte já tive mortes que chegassem, que posso fazer hoje para me dar atenção? Costuma dizer que tenho a cabeça noutro lado, onde estará a sua hoje?

O comentário do Nuno tirou-me das minhas divagações. Olhei para ele e sorri com afeto. A experiência de psicoterapeuta de adolescentes mostrava estar num momento importante da terapia, aquele instante em que o jovem perde uma certa inibição característica do confronto geracional e começa a ser capaz de se relacionar de um modo mais direto, ponto essencial para a criação da intimidade em que pensava há pouco. Disse que tinha toda a razão em considerar-me distraído naquela ocasião, prometi voltar a concentrar-me e estimulei-o a continuar a falar.

– Os meus pais gostam dos meus amigos, foi uma coisa que ajudou. Sei que alguns colegas têm pais sempre a criticá-los por causa das más companhias. O resultado é que passam a fazer tudo às escondidas, ou será que os pais imaginam que deixamos de andar com os amigos só porque eles não aprovam? Com os namoros é a mesma coisa, quando os pais desatam a mandar bocas sobre com quem andamos, uma coisa que não tinha grande importância fica mais à séria...

Pareceu aceitar a minha justificação e continuou a falar sem problemas.

– Com os amigos só não falo é de poesia. Eles acham isto uma mania foleira, já me chamam «o cromo dos versos». Tudo começou com o meu avô Augusto, como já deve saber tinha o gosto dos livros, publicou sobre Direito, mas tinha imensa coisa escrita que não mostrava a ninguém. Um conjunto de sonetos muito bonito, uma narrativa histórica passada na época do fim da monarquia, fragmentos de um romance que não chegou a acabar. Passava a vida a transportar um bloco de papel sem linhas, aproveitava todos os bocadinhos para tomar notas do que observava, pensamentos, ideias para novos escritos, comentários das pessoas ou frases dos livros que estava a ler. Foi ele que me leu pela primeira vez os grandes poetas portugueses, Camões, Pessoa, António Nobre... Mostrava o que escrevia às escondidas, a avó Teresa e a minha mãe não apreciam poesia, pela minha parte ficava todo contente quando me solicitava opinião...

»Quando acabei a primária já tinha lido muita coisa, continuei sempre, hoje leio mais os poetas de agora. E foi ao avô que mostrei o primeiro poema a sério, tinha entrado para o 7.º ano numa nova escola e estava interessado numa rapariga... Comecei bem cedo, não tanto como o Pedro, mas...

»Tenho uma coisa importante a contar. Daqui a pouco começa a pegar na agenda, a distrair-se, a dar atenção aos barulhos que vêm lá de fora e não consigo dizer nada. Acho que mudou qualquer coisa dentro de mim. Começo, muito devagarinho, a pensar que vale a pena viver, a imaginar que vou encontrar outras pessoas para andar, sair com os meus amigos, deixar de embirrar lá em casa. Agora já não quero que as consultas acabem rápido, ou que nunca mais se repitam, como era no princípio. Não sei explicar a mudança que sinto, nem me interessa muito. Quero, como já disse, contar uma coisa... é que ontem fui ao cemitério com a minha avó.

Não foi tão difícil como tinha imaginado. É evidente que o médico sabe ouvir e, quando parece menos atento, já estou à vontade para lhe chamar a atenção.

O Pedro e o João dizem não perceber o que venho aqui fazer, na opinião deles seria bem melhor umas bejecas e uma miúda nova. Não os critico. Estão sempre a puxar por mim, a convidar para sair, mandam-me mails *com notícias giras ou jogos novos, até o Ricardo passa a vida a pedir à namorada que me apresente alguém.*

É difícil para os meus amigos compreender como pode ser bom falar com uma pessoa mais velha. Já tinha notado isso com o meu avô, não me maçava nada e sabia entusiasmar-me, com o médico é diferente. Nunca dá conselhos, mas ajuda a pensar. O João acha que deve ser uma seca, veio há tempos ter comigo ao hospital e disse que só se viam passar raparigas anoréticas e homens passados dos carretos. Não me importo, acho que até já tenho uma certa ternura pelos doentes que aqui estão, alguns há tanto tempo...

Consegui descrever mais ou menos o que tinha sentido no cemitério. O médico quis saber tudo com grande pormenor e pareceu sobretudo interessado no que se tinha passado junto aos túmulos. Perguntou se me tinha sentido próximo de ti, Rita, e se tinha conseguido falar contigo. Por momentos, fiquei na dúvida se acreditava na vida para além da morte (agora há muitas pessoas com a idade dele, cheias de medo de morrer, que dizem crer nisso), sossegou-me com um sorriso, acreditava muito era na morte para além da vida, era disso que queria falar.

Fui capaz de lhe dizer, Rita, como senti naquele túmulo a tua beleza destroçada, quis viver num minuto contigo o tempo que já passou e te perdi, filmes antigos, a notícia que morreste, desastres, doenças, caminhos de nada, a tua fotografia num jantar no Bairro Alto, uma fita na cabeça como os jogadores de futebol, a praia deserta onde sonhei levar-te, um monte no Alentejo ao fim da tarde, o Parque de Montezinho e Rio de Onor, fiquei a falar com o médico até ele me mandar embora com suavidade, julguei ver nos seus olhos uma ternura inesperada, fui logo oferecer uma caneta a um doente com ar cansado e pela primeira vez desejei voltar em breve.

9

Foi a mãe quem iniciou a sessão familiar:

– Professor, estive para lhe telefonar depois da última consulta com a família. Só não o fiz porque tenho a ideia de que não aprecia muito receber telefonemas e, por outro lado, receio que o Nuno não goste e isso prejudique o tratamento, que sinto que está a fazer bem.

»Queria também dizer que me passou pela cabeça vir falar consigo a sós, quando muito uma sessão de casal, sem os miúdos. A Susana saiu daqui muito enervada, perguntou logo se nos íamos divorciar! Também fiquei irritada com o meu marido, a contar aquela zanga com todos os pormenores, à frente dos filhos e sem avisar que o ia fazer! E desculpe dizer-lhe, professor, talvez devesse ter parado aquela cena, que foi de grande mau gosto!

No decurso de uma terapia familiar, surgem sessões em que a grande tensão vivida pode prejudicar o percurso da família, no sentido da descoberta de alternativas necessárias para ultrapassar o momento de crise. Nessas ocasiões, é essencial fazer circular o assunto por todos os membros presentes na sessão, daí surgindo novas e importantes contribuições para o problema.

– Que pensam o pai, o Nuno e a Susana sobre o que a mãe acabou de dizer?

Ficaram todos em silêncio a olhar para mim, no corredor chamavam os doentes para a reunião comunitária quinzenal, alguém gritou o nome de uma médica que não era exemplo de assiduidade e por isso recebia a alcunha de «virtual», meteram um recado por baixo da porta, talvez o autor tivesse sido vencido pelo meu apelo para não bater.

Foi a Susana a primeira a falar:

– Não estou muito de acordo com a minha mãe. O facto de ter ficado enervada com a consulta, o que é verdade, não quer dizer que não a tenha achado importante. Se posso dar opinião, às vezes não digo nada porque tenho medo que pensem que sou muito nova para falar sobre certos assuntos, acho que mudou qualquer coisa. Os pais foram jantar fora e depois ao cinema, o que não acontecia há meses. Fiquei com o Nuno, estivemos a ver televisão e a jogar às cartas, o meu irmão ensinou-me uma paciência nova e, contra o costume, não embirrou comigo.

Nesta altura, mãe, não foi preciso ficares ao pé de mim, como aconteceu nas bodas de cristal dos amigos, não posso esconder que te esperava a cada minuto que passava, não sei quando fiquei mais aflito, quando a Susana queria brincar ou quando adormeceu agarrada ao gato, só fiquei tranquilo quando ouvi a tua chave a rodar na fechadura, sei que eras tu porque o pai toca sempre à porta, pudeste ainda estar um bocadinho comigo e dizer bem do meu roupão.

Percebi que era crescido quando, pela primeira vez, fiquei sozinho em casa, tinhas ido de fim de semana com o pai, a Susana ficou com a avó Teresa e eu insisti em não querer ninguém. Até disse ao Pedro para não aparecer, uma espécie de desafio a mim próprio, passei duas noites sozinho, era inverno e estava muito vento, a porta da varanda batia e assustava-me, procurei brincar com o gato para passar o tempo e desejei que chegassem. A ninguém confessei o meu medo nos dias seguintes, fiquei com a certeza de que tinha dado um passo em frente e vencido o que me tinha imposto.

Agora é diferente, já não preciso provar nada, limitei-me a dizer que vocês podiam ir à vontade, estou de acordo com a Susana que foi bom ter havido aquela discussão desagradável na consulta, a avó Teresa está sempre a dizer que há males que vêm por bem.

– Como pai, arrependo-me um pouco do meu comportamento na última sessão. Tinha-me descontrolado em casa e aqui aconteceu o mesmo, quando comecei a falar queria apenas partilhar um problema com todos, não estava à espera de ser tão agressivo. Como marido, acho que joguei forte, talvez um pouco ao acaso, mas valeu a pena. Quando saímos daqui conversámos logo e, como contou a Susana, lá nos conseguimos organizar para jantar fora e ir ao cinema. Foi pena o filme, um pouco pesado e ainda por cima sobre problemas familiares... Um colega da empresa disse que os filmes agora são quase todos assim! E, sabe uma coisa, professor, começámos a pensar em ir a Bragança passar alguns dias de férias. Eu estou sempre disponível, os meus pais começam a estar velhotes e não esqueço que é a minha terra, só que a família não mostra interesse. Talvez agora seja possível, estamos mais atentos uns aos outros e devem ter reparado como isso é importante para mim...

Era altura de voltar a solicitar a opinião da mãe:

– Talvez tenham razão. Continuo a pensar que poderia ter sido possível evitar aquela confusão toda na última consulta, mas se calhar teve de ser. Quando as pessoas estão em fases em que não se ouvem, têm de gritar. Estas coisas enervam-me bastante, parecem as histórias que a minha mãe contava da sogra, sempre muito excitada a correr de um lado para o outro a falar alto e a cantar umas músicas estranhíssimas. Dizem que a loucura é hereditária, sou leiga no assunto, mas tenho muito medo de enlouquecer, não posso ver ninguém descontrolado, penso que me vai acontecer o mesmo. Agora estou mais calma e gostei de os ouvir. E também adorei ter ido ao cinema e jantar fora, pode crer que foi um jantar romântico, demorou imenso tempo e tivemos de ir à sessão da meia-noite!

Pela primeira vez não estavam a falar sobre o problema do Nuno e fiz notar isso. Foi o rapaz que respondeu logo, naquele tom um pouco provocatório que tinha apreciado na última sessão individual:

– Não é o professor a dizer que as sessões de terapia familiar são para tratar de todos os assuntos importantes para a família? Deve estar de acordo em que este é um tema importante!

Não há dúvida de que vais melhor e ainda bem, não tinha a certeza até ouvir hoje esse comentário, se fosse numa consulta individual responderia com uma piada, agora preferi ouvir a Susana, que falava depressa a olhar muito para a mãe:

– A propósito de assuntos importantes, não gostei nada do interrogatório que me fizeste por andar com um rapaz. Nunca ouvi que se interessassem pelas saídas do Nuno, nem fiquei com a ideia que dessem piadas às namoradas dele. E olhem o que sucedeu...

Não estava à espera deste novo aumento de tensão na consulta. Será que o rapaz tinha confidenciado aos pais os seus receios, como fizera comigo, e a irmã tinha identificado a origem da preocupação? Optei por uma segunda hipótese:

– Susana, talvez estejas a sentir que a tua família e eu próprio estamos demasiado centrados no teu irmão. Em parte é compreensível, porque comecei a falar com o Nuno acerca do que conheces e isso fez com que toda a família se virasse para o assunto. Sinto agora que as coisas estão mais calmas, por isso temos a possibilidade de abordar outros temas. Queres aproveitar?

– Queria apenas dizer que, com quinze anos, sei muito bem o que ando a fazer. Gosto de ouvir a opinião das pessoas, mas quero decidir por mim. Detesto aquelas raparigas que só andam com rapazes filhos dos amigos dos pais, acho que isso já não se usa.

Nuno e agora Susana estavam a viver o seu processo de desenvolvimento adolescente. Para se conseguir a diferenciação, o espaço pessoal e a identidade, essenciais para o acesso à idade adulta, era necessário que a sessão familiar mantivesse uma comunicação viva e estimulante, de modo a surgirem novas modalidades interativas entre os membros da família.

O rapaz parecia irritado:

– Não gostei nada dessa boca, Susana. Preocupa-te contigo que eu também estou a aprender a tomar conta de mim.

Seguiu-se um silêncio que pareceu acalmar todos.

Explorámos a seguir as regras familiares, tema inevitável numa sessão com adolescentes e seus pais. A família parecia mais bem organizada. Uma das formas mais simples e eficazes para detetar a disfunção familiar consiste em perguntar à família como lida com as rotinas diárias, como tem realizado os rituais familiares e qual a sua capacidade atual de resolução de problemas. Nas famílias muito perturbadas, há rigidez ou ausência de regras, as rotinas (levar os filhos à escola, fazer as compras para a casa, preparar as refeições) são executadas de forma anárquica, os rituais familiares (festas de aniversário, festejos de Natal) são esquecidos ou fonte permanente de conflito.

– É interessante estar a falar disso, como mãe tenho pena que haja tão poucas reuniões lá em casa, ou com outros elementos da família. Há muito tempo que não vamos a casa do meu irmão, fez anos noutro dia e convidou-nos para lá ir tomar um café e uma fatia de bolo, acabei por ir sozinha porque todos tinham coisas para fazer. Agora em nossa casa, vai tudo melhor. Já deixei de ver aquelas caixas de *pizza* espalhadas por todo o lado, temos feito um esforço para jantar todos juntos e a uma hora combinada.

A Susana interveio a rir:

– E qual é a hora combinada, mãe?

Bingo!, gritou o pai e todos riram muito. A capacidade de brincar é uma das características fundamentais de uma família saudável, diria Carl Whitaker, a fazer circular a sua cadeira giratória no gabinete de Madison, Wisconsin. E ao terapeuta compete respeitar esses momentos de distensão sem interferir, só muito mais tarde no decurso do processo terapêutico é que a família o faz participar.

Naquele momento recordei a terapia de uma família, dois filhos rapazes em fases diferentes da adolescência, um casal progenitor na década de quarenta. Tinham-me procurado por grave crise de comunicação familiar, originada em parte pela reprovação do filho mais velho a iniciar um curso universitário. Quando os reuni pela primeira vez, notei forte tensão na família e um discurso muito acusatório, não só face ao insucesso escolar, mas sobretudo pelo facto de o rapaz ter escondido, durante muito tempo, a sua não progressão académica. Redefini o problema no final da primeira sessão, passando a considerar o jovem designado como lento e hesitante no trabalho, como perfeccionista em permanente busca de melhoria, ao mesmo tempo que conotava positivamente a exigência da família no êxito profissional, sem nunca pôr de parte a afetividade entre os membros. Na segunda sessão não tinha havido progresso, uma zanga com alguma violência física entre os irmãos tinha desanimado a mãe. A análise da interação familiar, a partir da descrição de um fim de semana, por mim proposta como unidade de observação, revelou um facto novo para mim: o sentido de humor da família. As piadas surgiam à medida que relatavam o que se tinha passado no sábado anterior. O pai tinha levado uma abada no jogo de setas, a colher de pau usada pela mãe para pôr fim a uma má-criação dos dois filhos tinha acabado partida no rabo de um deles, alguém se tinha enganado nas compras e trouxera para os rapazes um champô para cabelos pintados e permanentados. Procurei tirar partido da situação e salientei a graça que lhes tinha achado, ao mesmo tempo que louvava a capacidade evidenciada para não guardar rancor após um momento difícil. Foi o suficiente para começar uma relação empática com a família, que possibilitou um novo olhar sobre a realidade e algum crescimento emocional dos seus membros. Na última sessão fiz uma coisa estranha e nada ortodoxa: peguei numa revista desportiva e ofereci-a ao rapaz mais velho, gesto só explicável pela afinidade clubística entre nós, infelizmente não partilhada pela família. Os outros riram muito e desejaram que tão cedo não fosse possível repetir a oferta...

Mais uma vez alguém me estava a chamar a atenção:

– Preciso que ouça ainda outra coisa. Estou muito preocupada com a minha mãe, sentiu-se mal anteontem, uma tontura quando ia entrar para o elevador, tive de a deitar no chão com as pernas levantadas. Estava tão pálida que parecia ir desmaiar ali mesmo. Nunca a imagino doente, só depois da morte do meu pai é que a vi muito em baixo, mas recuperou depressa e, como sabe, dá sempre uma grande ajuda aos meus filhos. Fui com ela ao médico, tem a tensão arterial completamente descontrolada, a mínima quase pegada à máxima, segundo compreendi. Está agora a passar uns dias lá em casa, tem de fazer uma série de análises e exames e o hospital fica longe. Agora que estava a recuperar... Mas se tiver cuidado, fica bem, não acha? Ainda é tão nova...

Não morras agora, querida avó Teresa, quem vai continuar a ensinar ponto de cruz à Susana? Quem vai fazer os biscoitos de garfo que adoro? E, acima de tudo, com quem vou voltar ao cemitério, para tocar de novo no avô e na Rita?

Já doente e nada disseste, notei que estavas um pouco cansada no caminho do cemitério, pensei que era da emoção e dos cuidados comigo, se calhar deste-me o ramo de margaridas para a mão porque tinhas peso a mais, a tesoura, a revista, umas compras que tinhas feito a pedido da mamã, um pequeno banco portátil que levas para todo o lado e que nunca te vi utilizar. Como pude estar tão pouco atento, sempre a solicitar o teu apoio, foste espetacular durante todo o caminho para o túmulo da Rita, não disseste uma palavra mas senti-te tão próxima...

Não estou preparado para outra morte. Li noutro dia, numa revista de domingo, que o primeiro contacto dos adolescentes com a morte é feito, em muitos casos, na altura do falecimento dos avós. Devo estar dentro da estatística, porque morreu o avô Augusto quando tinha dezasseis anos, essa idade não fica no meio da adolescência?

Vou por isso tomar conta da avó como não fui capaz de ajudar o avô, apesar da terapia familiar continuo sem compreender o motivo da sua morte. Noutro dia o pai falou em depressão hereditária, tudo parece ter começado com a avó Lília e com as suas fases de excitação e tristeza, espero não ter herdado a doença e aquilo que sinto ser devido à morte da Rita, mais nada.

Tenho de dizer ao médico que me sinto melhor. Às vezes penso que as consultas me fazem mal, em casa e na escola consigo distrair-me do problema, aqui no hospital volta tudo à cabeça...

Os últimos degraus na escada interior da casa do Meco, palavras sem sentido que apetecia dizer-te, o espanto a guiar-me a cada passo, geribérias no funeral do avô, a buganvília da infância, suspensa na varanda da casa dos vizinhos, carqueja e urze em Bragança, há muito estavas longe e agora tão perto, recordo a notícia de que morreste.

Afinal ainda não estou curado, também não quero curar-me se isso significa abandonar-te, esconder fora de mim a tua cara achatada e tranquila, esquecer o teu cheiro e o teu sorriso, a claridade do Meco e o Bar do Peixe...

«... apetece-me encontrar-te de novo no caminho...»

... o mail *de despedida que quiseste enviar-me e não pudeste, o filho que sonhaste*
... José Maria Salvador Martim Carlota Constança Carolina...

Se descobrir o mistério da morte do avô, quem sabe se compreenderei o que te aconteceu, comprimidos aos montes na palma da mão, terá o teu pai contactado contigo antes de morreres?

O filho da Beatriz já não toma suplemento e deixou de ter aquele ar doente que me assustava, o Pedro e o João nunca me deixam sozinho, estou aqui na sessão de terapia familiar e mais uma vez tenho a cabeça noutro lado, vou e venho para o pé de ti e não me demoro em lado nenhum, não há silêncio que um dia não acabe, o médico está a falar e não ouvi o princípio.

*

– ... talvez a família esteja agora mais forte e possa unir esforços, ajudar o Nuno a ultrapassar a morte da Rita, fazer com que a avó Teresa tenha cuidado com a saúde porque faz muita falta, estar disponível para a independência da Susana e para mais força na união do casal.

O tempo estava mais uma vez a terminar. As flutuações tensionais no decurso da sessão mostravam que muito haveria ainda para dizer. Apetecia-me continuar a trabalhar com a família, estava num daqueles dias sem paciência para a rotina hospitalar e para a confusão do serviço, talvez valesse a pena prolongar um pouco a sessão. O tempo, em terapia familiar, não se ajusta à pressa de um Serviço de Psiquiatria hospitalar. A família necessita de espaço para se reorganizar, o terapeuta precisa de disponibilidade para ensaiar novas hipóteses e coconstruir uma nova visão do mundo. Na Psiquiatria portuguesa atual, infelizmente, abundam as consultas feitas à pressa, doentes seguidos em encontros mensais apenas para ajustes medicamentosos, famílias inteiras sem compreender o que se passa com um dos seus membros, médicos apressados à cata de sintomas para encaixar no manual, internamentos compulsivos nem sempre justificados. Quantas vezes todos caímos nesta prática superficial, pressionados por más condições de trabalho e excessivo número de doentes?

Ao menos hoje não vou acabar a sessão antes de tempo, cinco minutos roubados aqui e acolá, ao fim da manhã talvez consiga ganhar meia hora e conseguir atender um aluno da Faculdade de Medicina, ou então ter finalmente disponibilidade para um delegado de informação médica, vejo que têm a preocupação de trazer artigos científicos, já quase deixaram aquelas tarjetas coloridas que os transformavam em «propagandistas», por isso hoje vou atender os quatro marcados e mais algum que possa estar de pé ao longo do corredor, fato completo e gravata com bicharada em dia de calor, pasta de base larga cheia de papéis e pequenos brindes. E, no entanto, como simpatizo com eles, como tenho uma relação de amizade com três ou quatro, construída de desabafos recíprocos, apoio a congressos, divulgação de temas que pressentem não ter paciência para estudar e me trazem digeridos, pequenas cumplicidades que dão prazer quando os encontro. Chamo-os logo para o pé de mim, despachamos os produtos em dois minutos e ficamos a conversar sobre a vida até que alguém sem respeito nos interrompe, pensam que é uma obrigação para mim e é um momento essencial de descontração, lá tenho de voltar outra vez para a rotina, o delegado relembra mais uma vez a dose indicada e despede-se com um convencional aperto de mão. Os delegados amigos não precisam marcar entrevista, fazem sinal quando, apressado, passo por eles no corredor, aparecem no fim da manhã para um encontro rápido que não pode ser adiado, ou surgem muito cedo, quando chego ao serviço antes das nove horas já estão à minha espera, pequena pasta personalizada com tudo o que preciso saber sobre um novo tratamento. Às vezes almoçamos, no intervalo dos congressos, a conversa corre fácil sobre política ou futebol, vejo os mais antigos ocuparem agora lugares de chefia e só aparecerem em condições especiais, lamento que alguns mais novos sejam desviados para outras funções quando começo a simpatizar com eles (um chefe estrangeiro de uma multinacional farmacêutica confidenciou-me um dia: delegado amigo de médico deixa de ser eficaz, tem de ser encaminhado para outra tarefa).

Chegava o momento em que tinha de comunicar à família a possibilidade de falarmos mais algum tempo, o pai já tinha consultado o relógio e apressado o discurso da mãe.

– ... nem sempre encontramos disponibilidade para tornar diferentes os dias, para fugir àquela rotina casa--trabalho, trabalho-casa. O professor também pode sentir isso, deve ser desgastante a sua especialidade. Faz-me sempre muita impressão, quando aqui venho, encontrar tantos jovens. Essa doença, a anorexia, está a aumentar, não está? A Susana tem duas colegas de turma que andam em tratamento cá na consulta e outra que já foi internada numa clínica, mas não resultou. Como mãe, às vezes preocupo-me, a Susana não parece ter a mania das dietas, mas nunca se sabe. Quando estávamos à sua espera vimos ser internada outra, só pele e ossos, um horror!

»Bem, mas não viemos aqui para lhe fazer perder tempo, já estamos aqui há mais de uma hora. Queria partilhar consigo e com toda a família uma decisão que tomei. Se tudo correr bem e a minha mãe recuperar, como espero (se calhar é só preciso tomar medicamentos para baixar a tensão arterial), quero propor duas grandes festas daqui a dois meses, quando o Nuno fizer dezoito anos. Ou melhor, eu organizo uma festa de família, vêm os sogros de Bragança, o irmão e cunhada deixam a matemática por umas horas, a minha mãe há de fazer alguns doces de colher de que ele tanto gosta, festejaremos todos num jantar de família, é altura de deitarmos as preocupações para trás das costas e podermos estar juntos. Os anos calham a um sábado, assim o Nuno pode festejar com os amigos (não sei se ele quer organizar um jantar, se prefere só sair) e no domingo reúno a família. Que acham, não é uma boa ideia?

Todos concordaram, embora o entusiasmo do rapaz não parecesse grande. Começava a gostar da energia desta mãe, a puxar sozinha pela família. O casal parecia mais tranquilo, vi o pai acenar com a cabeça em concordância e depois dar um toque afetuoso no braço da mulher. A Susana aproveitou logo para exigir a presença do Filipe na festa, já era altura de a família saber que tinha deixado de ser uma miúda.

Quando fizer dezoito anos, Rita, poderei votar, o que não interessa muito porque os políticos portugueses não dizem nada importante. Não compreendo as suas frases porque são longas e para mim sem sentido, detesto os slogans *em linguagem forçada, toda virada para uma juventude que fingem conhecer. De todos os meus amigos, só o Ricardo lê o jornal todos os dias e sabe qualquer coisa sobre os partidos, espero que me dê umas dicas na altura das eleições.*

Aos dezoito anos vou tirar a carta, se o pai cumprir o que prometeu vou ter um carro quando entrar para a Faculdade, talvez um Polo *ou um jipe em segunda mão, sei que o teu* Punto *continua parado à porta mas não quero ficar com ele, recordar o que se passou depois do Meco, tu à minha espera encostada à porta entreaberta do carro, eu a desculpar-me com a mota e a fugir uma vez mais.*

Quando tiver um carro passarei muito rápido ao pé do teu, tenho uma ideia onde fica a tua casa, talvez me apeteça subir e perguntar pela tua mãe, só estivemos juntos naquele café, no dia seguinte à tua morte. Gostava de a conhecer melhor, às vezes apetece-me consolá-la, ambos chorámos a tua perda, mas não é justo fazer comparações, não deve haver maior desgosto para uma mãe do que ver um filho morrer por suicídio.

Concordo com a ideia da minha mãe, duas festas parece-me o ideal. Sábado posso combinar um jantar num restaurante barato, cada um a pagar o seu, uma ementa igual para todos para não haver confusão, afinal o que interessa nesses momentos é estarmos juntos e rir um bocado. O João conhece uma tasca com bifes baratos e imperial em conta, vou pedir que ajude a organizar tudo.

No domingo durmo até tarde e depois estou com a família, há muito que não converso com o tio, adoro quando ele se põe a defender que a matemática é como a poesia.

O grande problema é que antes dos anos tenho de fazer os exames, o que não apetece nada. A única vantagem é que devo passar e depois entrar na Faculdade, estou um bocado farto da escola onde ando, dos comentários do Conselho Executivo e do barulho dos intervalos, dos professores que só sabem dar a matéria e não falam connosco, contínuos sempre a espreitar quem está a curtir ou a fumar um charro, os pais dos betos a virem buscá-los em BMW *último modelo, ou a mandarem motoristas fazer o serviço, horas à espera nas esquinas da rua.*

Rita, quando fizer dezoito anos sou capaz de ter uma nova namorada. O meu avô dizia, a propósito de mulheres, um ditado que só agora percebo melhor: «Mordedura de cão cura-se com pelo de outro cão», frase a que não acharias piada nenhuma. Eu também não, mas tens de perceber que a vida continua. De uma coisa podes estar certa: nunca te esquecerei.

O amor de que fugi existiu. Pode parecer-te, às vezes, pouco recordado, destruído pelo meu medo e pela sucessão dos dias. Rita, indiferença nunca terás. Vazio, solidão, lágrimas, medo, abandono, posso agora compreender um pouco tudo aquilo que sentiste, mas se algum resto de amor permanece em ti, peço que me libertes e me deixes voltar a não ter dor.

***

O letreiro perdia a eficácia, alguém batia à porta com força, liguei o telefone que tocou de imediato. Tinha de transferir a última consulta da manhã para outro dia, por sorte era uma pessoa tranquila e sem necessidade de cuidados urgentes.

Vi a família caminhar ao longo do corredor, filhos à frente dos pais, a Susana de repente voltou para trás a pedir uma declaração de presença para entregar na escola, perguntou se precisava de ajuda para arrumar as cadeiras e despediu-se de novo com um sorriso.

10

A noite de ontem foi inesperada. Saí do hospital um pouco cansado, depois do almoço dormi um sono tranquilo como há muito não acontecia e ao fim da tarde consegui estudar com rendimento.

O Pedro telefonou depois do jantar para me convidar a sair. Tinha esquecido por completo que era sexta-feira e nas últimas semanas a noite não fazia qualquer sentido.

Devo ter mostrado que andava mesmo numa má porque, ao contrário do habitual, os meus pais encorajaram-me a sair desde que não viesse muito tarde, frase que já ouvi para cima de quinhentas vezes.

Fui de táxi até um café perto da casa do Pedro, quando saímos à noite nunca levamos as motas porque sabemos que vamos beber. O João chegou ao mesmo tempo que eu, trazia como de costume uma T-shirt *sobre a defesa do ambiente (tem a mania da ecologia) e umas calças largas como é moda agora, começámos logo a falar de futebol e do* stress *das aulas.*

O Pedro vinha eufórico. Tinha recebido um telefonema de uma rapariga com quem tinha curtido no fim de semana anterior, disse-nos que não estava à espera, mas que era ótimo. Podia ser mesmo que desse para andar, logo se veria.

Bebemos umas imperiais, o João contou anedotas desta vez com graça, estávamos muito próximos e não me senti mal. O que mais gosto nos amigos é a maneira como dão apoio sem falarem disso, a forma como se preocupam comigo sem precisarem de o mostrar. Nesse aspeto são bem diferentes dos professores, quando souberam o que se passou com a Rita não pararam de dizer frases de consolação, estilo pancadinhas nas costas, comentários foleiros que me deixavam bem pior. Não sei quem contou tudo aos professores, deve ter sido algum beto, que se chibou depois do jogo de futebol. Fiz uma péssima exibição, estava com a morte da Rita na cabeça, o professor de Educação Física não parava de me estimular, mas não conseguiu nada. Lembro-me do Ricardo e do João a falarem com o s'tôr, fiquei logo a pensar que era a meu respeito, deve ter sido nessa altura que o Salvador topou tudo. Tive mesmo de meter na ordem a s'tôra de História, a falar sobre a minha situação para toda a turma, como se a minha intimidade fosse ali escancarada à frente de todos. Talvez a notícia tivesse corrido depressa na escola, devia ser por causa do Punto *da Rita ou da língua do beto.*

Ficámos a fazer horas até o café fechar. Adoro esta pastelaria na parte velha da cidade, mesas pequenas com tampo de vidro e pé de metal, cadeiras de madeira como já não há em lado nenhum, à esquerda uma parte moderna que parece pertencer a outra loja. O dono conserva, a pedido de muitas famílias, uma mesa de matraquilhos mais velha que a da escola, onde jogamos sempre que possível. Adoro matrecos. O tempo passa e gosto cada vez mais. Na escola sou capaz de chatear os putos e não os deixar jogar, algumas vantagens há de ter o nosso grupo, há seis anos lá dentro sem grande coisa para fazer.

Quando saímos do café ainda ficámos algum tempo a conversar, o João encostado a um candeeiro a contar mais uma anedota, eu e o Pedro sentados num pequeno muro em frente. Às vezes gosto mais destes momentos do que da discoteca onde vamos depois, embora desta vez o Pedro tenha dito que é um sítio espetacular. Chegamos a estar mais de uma hora assim, não vale a pena partir para a noite antes das duas da manhã. Quando a avó Teresa passa férias connosco, fica a pensar que me deito cedo, porque quando vai dormir fico na sala com os amigos, até serem horas para sair.

A discoteca escolhida pelo Pedro não ficava longe. Entra-se por um centro comercial antiquado, portas de vidro de empurrar, passadeira de cor indefinida gasta pelo uso, pequenas lojas ao longo de corredores (com artigos que não devem interessar a ninguém), até chegar a uma grande escada de acesso à cave. O porteiro é muito alto e tem ar de estrangeiro, comecei a pensar que não ia com a minha cara e ficaríamos pendurados, mas o Pedro conhece sempre alguém da gerência e num instante estávamos lá dentro.

Observei o ambiente. Um bengaleiro e um bar frente à entrada, ao fundo máquinas tipo flippers *que o escuro não deixava perceber bem, outro bar junto à pista, tudo como eu gosto, bastante pequeno e íntimo. Música eletrónica repetitiva, reconheci faixas de CD recentes que a minha mãe descrevia como marteladas, muita malta nova de copo na mão junto aos balcões.*

O Pedro pedia cervejas e passado um bocado já estava na pista, a meter conversa com duas raparigas bem giras. Fiquei com o João junto ao bar, com vista para o WC dos homens, como ele disse com um grande sorriso.

E foi assim durante algumas horas, a conversar com o João e a sorrir para o Pedro, passei da cerveja para Bacardi cola *quase sem dar por isso, a pouco e pouco comecei a deixar crescer dentro de mim uma névoa que me descontraiu e possibilitou umas voltas tranquilas na pista.*

Fui mexendo ao som da música, sem grandes preocupações de ritmo, o João continuava a beber junto ao bar e o Pedro não perdia tempo.

Pensei mais uma vez em ti.

«... apetece-me encontrar-te de novo no caminho...»

Agora estavas com duas amigas numa esplanada, nunca me apresentaste ninguém, talvez não tivéssemos tempo, dizem que o amor se constrói e eu não soube esperar. Estava muito calor e usavas aquela T-shirt *curtinha do Bar do Peixe, fita no pulso esquerdo a prometer sei lá o quê (havemos de cumprir a promessa na sétima onda, às três horas da madrugada na praia do Meco), o relógio no braço direito como era teu hábito...*

... de repente estavas na discoteca ao pé de mim, o Pedro continuava a sorrir e em breve iria curtir com uma miúda magríssima (nunca foi muito exigente), o teu rosto junto ao meu, um leve tremor nas minhas mãos a segurar as tuas, lago e pássaros do cemitério, tenho de compreender o suicídio do avô, quando fizer dezoito anos vou andar com outra rapariga e entrar para a Faculdade...

... o quarto apertado e o teto baixo da casa do Meco, amor da vida, sombras e luzes, tenho a certeza de que estás aqui na discoteca a reparar com ar crítico nos putos a pastilhar, Martini Metz *e* Smirnoff Ice *sempre a saírem, ficas encostada ao fundo só a beber água pela garrafa, vamos abraçar-nos na pista para te poder beijar de novo...*

... os montes de terra no cemitério, ferros com um número em cima, a tua pedra semelhante à do avô, pássaros a voar no silêncio, alguém te está a escutar e não dás por isso, por que razão não mandaste um mail *ou uma mensagem escrita para o telemóvel, ainda não tenho ninguém e podes regressar...*

... agora estou na casa de banho da discoteca e apeteceu-me vomitar, devo ter bebido de mais para te sonhar melhor, a casa do Meco às escuras e a minha mão na tua, recordo-me de ir à janela fumar um cigarro e ver o velho muro em frente, carros a passar na estrada estreita, um cão velho à volta do lixo, mais pássaros...

... a luz redonda da discoteca toca-me de vez em quando, lá está mais um rapaz a meter a mão no bolso e a engolir uma pastilha, afinal estou aqui com os meus amigos e tu partiste para sempre, a mágoa de perder-te está agora de novo em mim, o passado também se perdeu e já não volta...

... posso viver de novo?

O João chamou-me para a pista, era a sua vez de meter conversa, uma das raparigas sorriu para mim, senti o corpo diferente e abandonei-me uma vez mais ao som da música, a tristeza a desaparecer a pouco e pouco.

Chamava-se Marta e estudava em Telheiras, trocámos números de telemóvel à saída da discoteca, o Pedro mais uma vez eufórico a gritar «desta vez é que vais ficar porreiro», mordedura de cão cura-se com pêlo de outro cão, sei que em definitivo não voltas (percebi isso quando falei contigo no cemitério), por isso vais perdoar-me o abandono e a morte, quem sabe se a Marta...

Apanhei um táxi logo à saída, o Pedro e o João ainda foram para outra discoteca que só fecha de manhã. Precisava dormir um bocado, talvez conseguisse acordar a tempo de bater umas bolas de ténis com o meu pai, espero que ele tenha alguma paciência para me acordar.

Insistir, reenquadrar, interpretar várias vezes em diferentes contextos, tarefas essenciais do psicoperapeuta de adolescentes. Tínhamos agora uma relação mais aprofundada, a permitir explorar sem receio outros horizontes.

– Nuno, precisamos voltar um pouco atrás. Tenho verificado que te sentes melhor, por exemplo estás a ser capaz de estudar alguma coisa e foi bom teres saído com os amigos, como acabas de contar. Há um aspeto, no entanto, que ainda não está resolvido. Tem a ver com o suicídio do avô. Foi há pouco mais de um ano, mas é como se tivesse sido ontem. Fiquei com a ideia de que era uma espécie de segredo na família, e que de alguma forma te teriam querido poupar. Sendo tão ligado ao avô, quais foram as consequências de se ter posto tudo a descoberto?

O rapaz inclinou a cabeça para trás e ficou a olhar para o desenho oferecido pelas doentes anoréticas.

– No próximo fim de semana vou vasculhar o sótão da casa dos meus avós. A avó Teresa não deita nada fora, tenho esperança de encontrar qualquer documento, uma carta ou algum papel que tire as dúvidas sobre a morte do avô. Quanto às consequências... olhe, por um lado gostei de saber, tinha a sensação de que havia qualquer coisa de estranho, nunca tinha ouvido dizer que ele estivesse doente, mas por outro fiquei com um grande vazio cá dentro, sem compreender o que se passou. O avô sempre foi para mim uma pessoa tão calma, não compreendo como pode ter decidido suicidar-se...

Estou de novo em 1980, na Georgetown University, Murray Bowen fala do processo de transmissão multigeracional e eu tomo notas num caderno de capa dura. Perante um genograma familiar escrito no quadro, o velho terapeuta encorajava o técnico em treino a ajudar a família a estabelecer laços com os antepassados, de modo a alterar o processo de rutura psicológica e tentar uma nova diferenciação. Há sempre uma conta de deve e haver, no fundo a carta de legados de que falava o terapeuta familiar Nagy, verdadeiro livro de contas afetivo, conjunto multigeracional de obrigações e dívidas a ser cumprido ao longo dos tempos. O suicídio da Rita tinha descoberto a dor da morte do avô, sentida como injusta pelos familiares mais próximos e mantida inexplicável há mais de um ano. Será que o rapaz teria como função sistémica catalisar a análise destes legados emocionais, contribuir para novo equilíbrio estrutural depois de reparadas as injustiças das perdas?

E o que teria também contribuído para o suicídio da Rita, para além da rutura afetiva por mim tão trabalhada na psicoterapia?

Vejo de novo Murray Bowen, o genograma quase não cabe no quadro e tem agora cinco gerações, o terapeuta em treino fez bom trabalho e conseguiu trazer tantas memórias às sessões. A certa altura surgiu uma morte equívoca, Bowen põe a hipótese de suicídio e fala da onda de choque emocional que se segue a uma morte violenta, explicando como nas gerações seguintes o impacte da autodestruição se vai manter, sob a forma de depressão, sentimentos contraditórios de culpa e abandono, condutas suicidárias e outras manifestações psicopatológicas.

– Compreendo o teu interesse, Nuno, em esclarecer a morte do avô, embora não possa deixar de dizer que me parece uma tarefa violenta para uma pessoa tão jovem, ainda por cima fragilizada por outra perda ainda mais recente. Não achas que poderias pedir ajuda ao pai e à mãe?

A resposta, lançada de imediato enquanto se endireitava na cadeira, não deixou de me surpreender um pouco:

– É um trabalho que quero fazer sozinho. A morte do avô e o suicídio da Rita estão ligados dentro de mim. Estou a crescer depressa, por estranho que pareça o sofrimento tem dado forças. Como nunca saberei o porquê do desaparecimento da minha amiga, vou tentar perceber o do avô. É uma homenagem que devo aos dois, uma tarefa que preciso realizar para me dar mais energia. Só vou falar disto consigo. Os meus pais acham que estou melhor e estão muito contentes com isso, não vale a pena preocupá-los mais. E, sobretudo, não quero que a avó saiba. Se ela não me falou nunca no assunto, não será este o momento indicado para a inquietar. Sabe que ela foi a outro médico, está a fazer novos medicamentos para a tensão alta e já se sente muito melhor?

Não havia dúvidas sobre o papel central deste adolescente no equilíbrio emocional da família. A sua crise atual, desencadeada com grande intensidade pelo suicídio da Rita, tocava nas ressonâncias de situações semelhantes inscritas no passado familiar. Parecia ter alguma consciência disso, a sua inteligência e sensibilidade confirmavam-no:

– Ao contrário de muitos colegas, não tenho quaisquer queixas contra os meus pais. Estou sempre a protestar, sempre fui assim, quero tudo mas aceito o que eles dão, sei que se interessam muito por mim e pela Susana. Só tenho pena que levem uma vida tão agitada, com pouco tempo para descansar. Que interessa comprar uma casa e um carro sempre melhor, como vejo os adultos fazer, se não existe possibilidade de os gozar? Bem, mas isso é lá com eles. Pela minha parte, sinto que tenho uma espécie de dívida de gratidão. Pedi uma mota aos dezasseis anos e deram-me, dão-me a roupa que gosto, há um ano que tenho telemóvel, quando fizer dezoito anos vou tirar a carta, que mais posso querer? Talvez um pouco mais de atenção, como muitos rapazes e raparigas da minha idade, queremos ser independentes mas também gostamos de apoio... Seja como for nem o professor me vai impedir de passar o próximo sábado no sótão dos avós...

Nunca pensei impedir-te, amigo Nuno, quero apenas que partilhes comigo o que possas encontrar, espero que a incursão que vais fazer no passado te ajude a estruturar o presente e o futuro, possibilite a reparação de alguma injustiça que um suicídio sempre implica na família e permita a todos ultrapassar o constrangimento atual.

Mudou de assunto de repente:

– Continuo a trabalhar em poesia, sabe? Dá-me algum gozo escrever um poema no computador, torna-se muito mais fácil corrigir. Às vezes começo a escrever à mão, no *dossier* da escola, num bloco de apontamentos que encontro em qualquer lado, a minha mãe diz-me que herdei isso do meu avô, deve ser mais uma coisa que me liga a ele, e já me sinto sempre tão próximo...

»Quer saber como começou esta mania dos versos? Acha que tem utilidade contar? É que tenho pensado bastante neste meu interesse e só agora compreendi o início...

»A professora de Português do 8.º ano teve muita importância. Sempre gostei de ler e ela percebeu isso, estava sempre a encorajar-me a continuar, emprestava-me livros de versos e romances de autores de agora, líamos na aula trechos dos escritos de que mais gostávamos. Uma vez viu um rascunho de um poema no meu *dossier* e deu-me várias sugestões, mandando calar os colegas que, como já sabe, sempre gozaram um pouco comigo por causa dos versos. Criámos uma ótima relação, voltei a tê-la no 10.º ano e 11.º, tenho muita pena de não a ter este ano. No 8.º ainda fez outra coisa gira. Achava que não sabíamos consultar um dicionário e tinha toda a razão. Então levou para a aula vários exemplares, de diversos tamanhos, lembro-me que havia um muito pequenino a caber na palma da mão, outro enorme em vários volumes, dos quais só nos mostrou a letra A! Continuou a aula no gabinete de informática, sabia bem o nosso à vontade com os computadores e procurou aproveitá-lo.

«Construiu com os alunos aquilo que chamou «o nosso dicionário», aceitava definições por nós propostas, por exemplo «engatar» queria dizer «olhem para mim», «angústia» significava «quando os olhos deixaram de molhar», podia multiplicar os exemplos. O certo é que estávamos sempre a consultar os dicionários e a propor novas definições, brincávamos com as palavras e descobríamos novos significados. Devo-lhe muito, até neste problema da Rita se portou como deve ser, disse-me apenas que se eu quisesse falar estava disponível, soube-me tão bem ouvi-la dizer isso, em vez de olhar para mim como se fosse um desgraçadinho, como outros professores fizeram.

A psicoterapia prosseguia, agora menos centrada no pedido da consulta e com a possibilidade de tornar mais nítida a história emocional do Nuno. Pareceu-me importante explorar um pouco mais o relacionamento com os professores.

– Os s'tôres fazem o que podem, mas com toda aquela matéria para explicar... Também é verdade que muitos deles continuam a dar a aula com quadro e giz, a falar, a falar... Pela minha parte, estou a safar-me, houve um período em que não conseguia estudar, mas agora já não tenho grandes problemas. Além da professora de Português de que falei, tive boa relação com a de Filosofia, pouco mais. A escola não dá muita margem para falar com os professores, preferimos aproveitar os intervalos para estarmos uns com os outros.

O muro ao fundo da escola onde pela primeira vez experimentei um charro, vi a relva do pátio muito verde e o som do rádio da associação encheu-me a cabeça. Há muito tempo que não experimento ganzas, tenho medo de que agora não me bata bem, só quando estiver com mais força tentarei de novo, num fim de semana ou em férias, na escola não tenho pachorra para andar a fintar os contínuos.

As raparigas do muro são diferentes das outras, têm mais piercings *e saias por cima das calças de ganga, o Pedro diz que as betas são muito mais giras e talvez tenha razão.*

Falta pouco tempo para acabarem as aulas e para o ano, se tudo correr bem, já não estarei nesta escola. Acabará de vez a vida comandada por campainhas, todos a andar devagar para chegar às salas de aula depois do segundo toque, deixarei de ver os putos de boné a riscarem os carros dos professores, palavrões gritados aos empregados que não me atrevo a usar com os amigos, os betos a não saberem perder no futebol mas a ganharem com as miúdas. Talvez volte apenas um dia, para cumprimentar a professora de Português e saber se sempre vai publicar uma coletânea de poemas dos alunos, passarei à porta do Conselho Executivo e não cumprimentarei ninguém, não esqueço o Dr. Soriano sempre a mandar vir com os pares de namorados, de mãos atrás das costas em atitudes de polícia, depois a contar tudo aos diretores de turma, que não paravam de ralhar. Nunca vi um professor mais porco do que esse, devia ter problemas lá em casa!

Mesmo que não passe (o que não acredito) ou tenha de repetir o 12.º ano para melhorar a média e entrar na Faculdade, não volto a esta escola. O ciclo acabou, como se diz dos políticos. Irei para Telheiras e serei colega da Marta, quem sabe se nessa altura já andamos e esqueci quase tudo o que agora me preocupa.

Não há dúvida de que este médico consegue pôr as pessoas a falar, começo agora a ter medo de não conseguir fazer nada sem a opinião dele. O Pedro, que chama Júlios aos psiquiatras (deve ser por causa do Júlio de Matos), diz que se um gajo não se põe a pau tem de lhes pedir licença para mijar... Mas eu acho que é por ele ter uma tia que anda em tratamento há muito tempo.

– Nuno, tens falado com o pai?

Preocupava-me a excessiva ligação do rapaz com o avô. No processo de luto, o indivíduo pode reagir à perda do objeto por interiorização temporária da pessoa amada, de modo a preservar a continuidade da relação de amor e deter a corrente de sentimentos, que de outro modo poderia surgir de forma descontrolada. A psicopterapia tinha mostrado a proximidade do Nuno ao avô e à Rita, como se lhe fosse impossível caminhar sem eles. Apesar de estar quase a atingir os dezoito anos, a identidade não estava consolidada. Parecia-me clara a sua capacidade para se emocionar de uma forma intensa com novos investimentos relacionais, em substituição das fortes ligações infantis outrora vivenciadas. A fase da adolescência, contudo, implica alguma vulnerabilidade na organização da personalidade, agravada neste caso pelo processo de luto. Embora fosse importante continuar a trabalhar a relação com os objetos de amor perdidos, seria importante e realista consolidar a aproximação à figura paterna. Até que ponto o pai, muito investido na profissão e com alguma dificuldade no seu relacionamento conjugal, seria a figura securizante necessária?

– O meu pai convidou-me para almoçar há dias. Coitado, não se importou de ir a uma loja de *fast-food* só para estarmos juntos, sabe que eu adoro esse tipo de comida. Talvez consiga organizar-me para o ténis no próximo fim de semana, no sábado passado não me consegui levantar a tempo.

Falámos um pouco mais da relação com os pais, as suas respostas eram agora mais elaboradas e tranquilas. Despediu-se de mim, a recomendar que não falasse a ninguém da família sobre os seus propósitos de estudar os papéis do avô, assim que abri a porta a empregada Luísa veio avisar-me de que tinha muita gente à espera.

11

Acordei cedo e com intenção de não perder um minuto. Disse que ia estudar História com um colega e não sabia quando poderia voltar. A coisa boa de estar em crise é que nos deixam fazer o que nos apetece e não fazem perguntas.

Sabia que a avó não estava em casa e qual o local exato onde guardava a chave. Chegava-se ao sótão depois de uma porta junto à caixa do elevador, a abrir para mais um lanço de escadas que subi num instante. A fechadura era velha ou de má qualidade, acabou por ceder quando a puxei um pouco.

O sótão tinha duas divisões e uma casa de banho minúscula, a luz escassa entrava por três pequenas janelas em quadrado, abertas sem critério no teto inclinado. Tropecei numa velha mala à entrada do primeiro quarto, onde se amontoavam candeeiros antigos, um sofá esventrado, dezenas de fotografias em álbuns semidesfeitos ou envelopes rasgados (lá estavam os avós em férias, primeiro na Curia, depois na igreja do Sameiro e junto ao castelo da Póvoa do Lanhoso, a mãe pequena ao colo da avó, o rio Lima, a torre velha de Mangualde, tudo em legendas magníficas como era habitual no avô), um triciclo enferrujado e uma roda de bicicleta, um quadro que achei péssi-

mo, assinado Lília em letras desproporcionadas no canto inferior esquerdo, depois outro sofá em razoável estado, cadeiras, entrei depressa na outra divisão porque aqui não podia encontrar o que pretendia.

Fiquei parado à entrada do outro quarto, de repente vi mais uma vez a casa do Meco, estavas a arranjar os estores que não querias tortos, depois fechavas a porta do quarto dos teus pais para que não te abraçasse ali mesmo, de novo a escada interior e a sala com a varanda a dar para o muro, nada em mim te queria naquele instante, só fiquei para me aproximar mais tarde, gestos e frases que não recordo.

Agora estou no sótão do avô a procurar sentido para a vida, as palavras que descobrirei não te deixarão abandonada, se for necessário ficarei aqui até ser outro dia, eu e o avô nada sabemos sobre a tua morte, aprendi o teu corpo na noite, a ferida que me deixaste não sossega...

... sei que vou descobrir aqui o bocado de mim que falta preencher, solidão e vazio, tudo o que esqueci pelo tempo, o Punto *a abrir à saída da minha escola, depois as minhas mãos frias em noites de verão, sonhos de desertos sem fim e eu à tua procura sem encontrar...*

... agora que entrei no segundo quarto do sótão, está aqui também a professora de Português, vejo finalmente todos os volumes do seu dicionário, letras de A a Z alinhadas numa estante preta, livros separados por assuntos, pequenos letreiros a explicar com a letra desenhada do avô, um busto em pedra branca do meu tio, de caracóis parecidos com os da Susana, uma cómoda negra cheia de roupa velha (chapéus do avô, um blusão de cabedal que talvez me ficasse bem, duas golas de pele de raposa com patas e tudo, chinelos velhos, vestidos pequeninos da mamã, duas bengalas lindíssimas com cabeças de bicho em prata, mais fatos do avô comidos pelas traças)...

... vou telefonar ao Pedro, fotografias antigas de jogadores de futebol, regulamentos de torneios sublinhados

pelo avô, duas raquetas de ténis em prensas pesadíssimas, material desportivo estranho que suponho ser de cricket, *mais fotografias do avô e da avó em Viseu, os dois de mão dada junto à Torre de Belém...*

... volto agora os livros e percorro as lombadas com os dedos, António Nobre, Sá de Miranda, a lírica de Camões numa encadernação com dourados, Eça de Queiroz todo sublinhado, a obra completa de um escritor que não conheço (para o Dr. Augusto Gomes, testemunho de admiração e estima, do amigo sempre grato Francisco Costa), uma coleção de clássicos de bolso, muitos exemplares do livro do avô...

... junto à parede telas em mau estado, molduras desirmanadas a deixarem um pó fino nos dedos, livros grandes de turismo, desenhos a carvão assinados «Rui», fatos de máscaras da mamã e do tio (dama antiga, bruxa, o Zorro e o Tonto, imperador romano), tudo com letreiros e data de utilização, vestidos de noite da avó e trajes de cerimónia do avô...

... apeteceu-me deixar tudo e voltar para a discoteca dizer graças com o Pedro e o João, cervejas e Bacardi cola *até ficar a rir, observar as raparigas e talvez curtir com a Marta, esquecer as mortes para sempre...*

... ou então seguir atrás de ti, agarrar a mão cheia de comprimidos, o meu coração cheio de névoa do álcool a querer aproximar-se sem conseguir, tu a desmaiares nos meus braços e eu sem saber o que fazer.

Sentei-me numa cadeira de tampo rachado, frente a um pequeno quadro com um poema francês intitulado, muito a propósito, «Le bonheur de ce monde», consegui acender um cigarro e olhar em volta. Só me faltava a velha secretária castanha com tampo de vidro, quatro gavetas de cada lado, uma chave com letreiro na primeira do lado esquerdo. Estaria ali o que procurava?

O acesso à secretária era difícil, uma cama portátil enferrujada, dois divãs encostados à parede, fotografias de gatos, cada vez mais impaciente tirei tudo do caminho e abri as gavetas uma a uma.

Estava tudo muito organizado. Nas gavetas do lado esquerdo abundavam lápis, borrachas e canetas velhas, uma Sheaffer que reconheci do avô, esferográficas de tampo roído, vários manuscritos rasurados do livro Princípios de Direito Marítimo, guias turísticos e apontamentos de viagem, cá estava um guia de Paris e outro de Portugal, tudo muito arrumado e catalogado.

As gavetas do lado direito tinham um conteúdo diferente, pareciam destinadas a documentos profissionais, exemplares de Diários do Governo, resumos de decretos-leis numa letra fina e recortada, intervenções do avô em congressos, artigos de jornal, tudo sempre bem catalogado e anotado. A certa altura fiquei inquieto, um dossier preso com elásticos fortes e a anotação «CONFIDENCIAL» em grandes letras azuis, cartas escritas à máquina entre o avô e os clientes, algumas anotadas a lápis com a menção «não concordo», outras apenas com a menção «visto», não sabia se era imaginação minha mas achei tudo estranho, por que razão estariam ali guardados aqueles escritos?

Rita, tantos gestos de amor perdidos com a tua morte, confusão na noite, a tua mãe à tarde, depois do trabalho, a encontrar-te fria, hospital, no outro dia numa esplanada do Campo Grande a oferecer-me o Punto, eu mais essa vez a fugir para a minha mãe ou para a memória do avô. O médico devia ter-me dito para não vir aqui, onde está o triciclo da minha infância e uma roda da primeira bicicleta, memórias de quando o avô me sentava ao colo, me agarrava com o braço direito e segurava o livro com a mão esquerda, julgo mesmo ser capaz de descobrir o primeiro livro de pano que me ofereceu e que mais tarde a mamã lhe deu para guardar (o avô sempre dizia que tínhamos uma casa sem fundo), o boné à marujo que gostava que *usasse e eu escondia, o bilhete para o circo ambulante da Praia das Maçãs, eu e dois amigos a voltarmos lá a pedir para entrar de borla, cães amestrados, uma trapezista com meias esburacadas, palhaços a que não achava graça, um homem a engolir fogo e outro em cima de pregos, o mágico de negro a brincar com argolas coloridas, o avô sempre a meu lado a explicar-me tudo...*

... ensina-me mais uma coisa, avô, a causa da tua morte e o motivo do suicídio da Rita, estou aqui no sótão e só vejo coisas velhas, memórias da infância, nostalgia de amores perdidos (cá está outra fotografia igual à que mostraste outro dia, uma mulher bonita a olhar para ti), fragmentos de uma vida que quiseste interromper, talvez nestas cartas confidenciais encontre um vestígio, um elemento, um pequeno sinal que possa diminuir a escuridão da tua morte...

... e, de repente, uma carta a mencionar o cheque dos teus honorários (não te fazias pagar mal), a seguir outra, um mês depois, a insinuar que terias escondido o resultado da ação, depois mais dois escritos, muito duros, a afirmar quer terias ficado com o dinheiro e a ameaçar com uma queixa à Ordem dos Advogados...

... não encontrei nenhuma resposta tua, avô, como tinhas tudo sempre arquivado e em ordem decerto não escreveste, pareceu-me ver na última carta do cliente uma data próxima da tua morte...

... vazio desilusão raiva...

... será que a mamã te poderia ter ajudado, deves ter gasto todo o dinheiro na casa de Almoçageme para passarmos férias, ou então ajudaste de mais o tio António, que não ganha nenhum com a mania da Matemática, talvez tenhas também adiantado dinheiro ao papá com o gosto dos carros. Ou então simplesmente gastaste sem pensar, livros e mais livros, CD de música clássica que me obrigavas a ouvir (as sonatas de cravo e violoncelo de Bach

que imitavas na perfeição), fatos novos de corte italiano que insistias em comprar só com o meu apoio, viagens ao estrangeiro a ficar em hotéis de quatro estrelas, restaurantes caríssimos de cozinha francesa, tu e a avó Teresa à luz das velas a recordarem a lua de mel...

... amor abandono...

... por isso, Rita, não andarei em busca da razão do teu suicídio, morreste porque já não aguentavas mais a pressão da vida, vais aparecer outra vez nos sonhos a ensinar-me a esconder, a fugir de dentro de mim e a encontrar alguém, Marta e Maria (já não me importo que seja Carlota ou Carolina), Teresa como a avó ou Madalena como a mãe...

... vou telefonar ao Pedro e ao João, duas ou três bejecas e fico como novo, bem diz o Ricardo que tenho de ir à bruxa ou ao astrólogo, estou farto de ter a morte ao pé de mim, talvez telefone ao médico a contar tudo...

... volto para baixo e coloco a chave no mesmo sítio sem deixar vestígios, a avó Teresa não pode saber, afinal lá em cima ficou tudo como estava, trouxe apenas uma fotografia onde estou com o boné de marujo ao colo do avô, reconheço ao fundo as rochas da Praia Grande, embora quisesse trazer o triciclo achei mais prudente deixá-lo junto à roda da bicicleta enferrujada e ao bilhete do circo...

... recordo neste momento como a avó Teresa me ensinou a percorrer de bicicleta todo o quintal da casa de Almoçageme, não sabia andar mas empurrava-me devagarinho e dizia para dar aos pedais, bastava a sua voz firme e o braço direito no guiador para que perdesse o medo, pode ser que um dia perca a mania da mota e volte a gostar de andar de bicicleta...

... voltar para casa sempre a desviar-me do trânsito, a passar no limite do sinal amarelo para poder bater todos os carros, ultrapassar o maior número para não ter tempo de pensar, a fotografia do boné de marujo arrumada com

cuidado no bolso de trás das calças de ganga, a mamã a telefonar para o telemóvel e eu apenas a responder «estou no trânsito!», chegar ao meu quarto e entreter-me com o correio eletrónico, um abaixo-assinado contra o ministro, mais pedidos de apoio à luta pelo ambiente, um mail *da professora de Português a dizer-me que a coletânea de poemas estava bem encaminhada, mais anedotas do João, a Leonor a mandar «um beijinho grande»...*

... telefonei finalmente ao médico a pedir antecipação da consulta para amanhã, quem sabe se me pode ajudar a compreender melhor as cartas confidenciais que descobri no sótão dos avós, para que possa ter paz e viver a minha vida.

Arranja-se sempre meia hora quando a relação terapêutica é forte e sentimos que é urgente, disse-me um dia Carl Whitaker, depois de uma sessão memorável. A família tinha atravessado os Estados Unidos para resolver uma crise e teve quatro consultas em dois dias, foi possível ao doente psicótico estabelecer alguns elos com os familiares e evitar o internamento, os terapeutas em treino ficaram dois dias a comentar a criatividade do velho mestre.

Fiz duas desmarcações de consultas menos urgentes para te poder receber, Nuno, senti a tua voz de novo ansiosa, embora diferente do início das consultas, é claro que posso receber-te de urgência, já temos uma relação estabelecida e sei que não me procurarás se não for importante, não te preocupes que hei de arranjar tempo para ver as pessoas adiadas, o que interessa é que agora estou disponível para ouvir.

Receio que tenha sido excessivo o empenho que puseste em esclarecer a morte do avô. A verdade é que muitas vezes não sabemos as causas que levaram uma pessoa ao suicídio, temos indícios, suposições, vestígios, que permitem elaborar uma teoria, a leitura da realidade que serve de momento, mas que ninguém pode afirmar como explicação completa. Deixei-te partir para o sótão porque não compete ao psicoterapeuta aconselhar ou dirigir, apenas ajudar a ver melhor, potenciar alternativas, se quiseres construir contigo numa nova visão do mundo. Acho que se aproxima o fim da nossa viagem, não gosto de terapias muito longas com gente nova, tal como nas famílias é preciso dar suporte e ajudar a partir, a crescer e a ser autónomo, estás agora mais capaz de avançar sozinho. O fim da intervenção terapêutica é o porto seguro onde chegaremos um dia, eu ao leme do nosso barco mas a deixar-te conduzir durante cada vez mais horas, tu a saltares para terra assim que acostarmos, a olhares para trás e a dizer adeus (ficarei a ver-te afastar sem desviar os olhos), a poderes voltar sempre que quiseres, sozinho ou com a namorada que espero encontres em breve.

Havemos também de fazer uma última sessão com a família, não esqueço as preocupações com os teus pais e com a Susana, quero dizer, no entanto, que a tua partida para uma vida mais própria e segura há de permitir à família ser também mais livre, ajudar a tua irmã a crescer, possibilitar aos teus pais mais tempo, fazer com que a avó envelheça sem sobressaltos.

Apetece-me dizer para parares, deixares de vez esses sentimentos contraditórios de amor e raiva, descansar um pouco sem te pores em causa como até aqui, decerto acabarás por compreender a complexidade dos suicídios que tentas desvendar. Eu costumo dizer tantas vezes «o suicídio é um acontecimento multideterminado» e embora concorde contigo que uma pessoa se mata por falta de amor, também sei que essa carência não se deve a um só facto. A autodestruição surge após múltiplas perdas, fragmentos de dias perdidos ao longo dos anos, ruturas, pequenos conflitos que se acumulam hora a hora, a tornar impossível olhar para si próprio. O suicídio é uma estratégia, às vezes uma tática de sobrevivência quando o gesto falha, tudo se modifica em redor após a tentativa. E quando a mão, certeira, não se engana no número de comprimidos ou no tiro definitivo, a angústia intolerável cessa naquele momento e, quem sabe, uma paz duradoura preenche quem parte. Ou, pelo contrário e talvez mais provável, fica-se na dúvida em viver ou morrer, a cabeça hesita até ao último momento, quer-se partir e continuar cá, às vezes deseja-se morrer e renascer diferente. Sabes, Nuno, duas frases de especialistas conhecidos acompanham desde sempre o meu trabalho: Stengel escreveu «Quero morrer, façam alguma coisa por mim» e Shneidman tornou célebre esta sentença terrível, «O suicida é aquele que corta a garganta e ao mesmo tempo grita por socorro», por isso acabarás por aceitar que alguma coisa imprevisível e desconhecida precipitou em definitivo a morte dos que amavas (amas?) e que pelo menos uma parte deles queria continuar ao pé de ti.

– Professor, pedi a antecipação da consulta porque acho que descobri a causa da morte do avô...

A Nazaré Cristina telefona a perguntar se demora muito, nunca há gabinetes em número suficiente no serviço, por sorte e alguma persistência acabei por ficar com este, jamais deixarei que volte a ser uma casa de banho, como no velho *far-west* pus logo o meu nome na porta para que não mo tirassem. Por isso, minha amiga, por favor vai buscar um cone de papel e fuma mais um cigarro na ergoterapia, se houver café e bolo de iogurte não te esqueças de guardar para mim, fala com ternura com os doentes como sabes fazer tão bem, ou então pede a chave à enfermeira-chefe e ocupa o gabinete de médicos que não vêm, ainda há dias uma doente perguntou se podia ter consultas de porta fechada, a médica só a recebia no corredor...

Para ti, Nuno, neste momento tenho todo o tempo do mundo, se for preciso mando embora mais doentes que não estejam aflitos como tu, sei que estás a chegar a um ponto crucial na psicoterapia, não és detetive nem jurista e por isso não é importante que chegues ao veredito final da morte do avô. Só quero que ele e a Rita vivam dentro de ti e possas ficar sereno outra vez, sair à noite com os teus amigos, entrar na Faculdade e continuar a gostar de poesia, quem sabe se um dia verei o teu nome nas livrarias, Nuno Gomes Loureiro, Prémio Revelação da Associação Portuguesa de Escritores, nessa altura terás à cabeceira o manuscrito dos *Princípios de Direito Marítimo* que entretanto foste buscar ao sótão e guardarás contigo para sempre.

Receio o que possa ouvir, deveria ter sido mais firme e esclarecer-te que, em derradeira análise, ninguém consegue chegar à intimidade de um suicídio, acho sobretudo muito intensa, para um jovem de dezassete anos, a pesquisa que insististe em realizar.

E, depois de ouvir, decidiremos os dois o que fazer na sessão familiar, em matéria de suicídios não podem existir compromissos definitivos, decidiremos juntos o que contar à família. Admito que tenhas razão e o que descobriste fique só entre nós, mas quem sabe se a verdade a que tenhas chegado possa ajudar a serenar os teus pais?

– Posso falar?

– Claro que sim. Eu sou o guia da nossa viagem, mas tu determinas a velocidade. E concordo contigo em que o ritmo de cruzeiro acaba por fazer adormecer. Um dia, quando fores com a avó Teresa ao Faial, verás que a ilha de São Jorge parece muito perto, mas não é fácil lá chegar. Os barcos têm de aumentar a velocidade, grandes ondas surgem na passagem, baleias no alto-mar, estranhas aves na linha do horizonte, por fim as fajãs e as escarpas da ilha. A tranquilidade dos Açores esconde a lava dos vulcões e os perigos do mar. No caminho que fizemos juntos nem tudo foi fácil. Agora, quando tudo parecia mais tranquilo, estavas a conseguir estudar e sair à noite com os amigos, os teus pais avançaram alguma coisa na reconstrução do seu amor, quiseste ir mais além e descobrir tudo, desvendar mistérios difíceis, questões de muitos anos para as quais não sabemos se há resposta. Numa família, Nuno, às vezes é preferível não mexer muito, os autores antigos da terapia familiar falavam de homeostasia, o conjunto de regulações que atuam para manter estáveis os estados dos organismos, de modo a que as famílias pudessem manter o equilíbrio. Por muito que te custe aceitar, o segredo da morte do avô fez com que se mantivessem unidos, a morte da tua amiga Rita fez abanar o sistema, teremos agora de procurar, em conjunto, reequilibrar tudo.

– O meu avô suicidou-se porque ficou com o dinheiro de um cliente, descobri isso no sótão, li os papéis três vezes, não tenho dúvidas do que estou a dizer. Como era uma pessoa muito organizada e que não suportava erros, acho que não aguentou falhar. Não se esqueça de que fui bom aluno a Psicologia, penso que a minha hipótese está correta.

A hereditariedade bipolar não pode ser esquecida, diria o psiquiatra biológico, para quê complicar? E desta vez foi-me útil, não era possível deixar o rapaz com uma explicação tão simples, a complexidade dos sistemas esclarece-se com mais informação.

Não esqueças a bisavó Lília, sem ligar nenhuma à *Pomada Gomes* e às experiências do marido, vestida de papel a dançar ao som da grafonola, primeiro lugar para a menina Lília e que não deixe de aparecer para o ano, o teu bisavô a tentar serená-la com um afável «por favor», depois dias e dias na cama sem dormir e quase sem comer, imóvel, olhos pretos a fitar a parede, essas coisas também se herdam, por certo o avô Augusto tinha momentos de depressão...

... quando ficava imóvel com um livro na mão, as horas das refeições passavam e continuava lá, a avó Teresa a dizer para não fazermos barulho, a pouco e pouco conseguia levá-lo para o quarto depois de comer uma sopa, ainda tinha forças para sorrir e dizer «desculpa, Nuno, amanhã falamos que o avô hoje não se sente em condições, qualquer coisa que comi que não me assentou bem».

Por que razão, tal como a Rita, não pediste ajuda, ou então falaste e ninguém te levou a sério, a dívida não era assim tão grande, podias pagar a prestações ou fazer um empréstimo ao Banco, o papá haveria de arranjar uma solução.

– Tens razão, Nuno, o que deve ter transtornado o teu avô foi a atitude menos honesta, não ter dado o dinheiro da ação aos clientes, esconder o facto. Vamos manter isto entre nós, estou de acordo. Não posso deixar de reconhecer a tua coragem em tudo isto. Custa agora, mas vai ajudar-te mais tarde.

A coragem que não tive para te amar...

O atraso era terrível, só me restava pedir uma sopa às empregadas Teresa e Luísa, dez minutos de descanso na copa chegariam para poder recomeçar o trabalho.

12

Esqueceste a pouco e pouco o meu amor. Nunca me falaste de ternura. Vi, muitas vezes, o riso na tua boca, mas jamais disseste o teu desejo. E quando o teu corpo nos levava no sonho, como se nos perdêssemos em cada segundo, deixavas-me sozinha na escuridão.

A pouco e pouco te expliquei o meu terror. Não quiseste ouvir-me. E, afinal, o que sentiste? Que fizeste do nosso lugar de amor? O que pretendeste ignorar? Agora é a tua falta que me faz falar. Sombras, frios, barulhos estranhos, invadem-me dia após dia. Oiço os teus passos. Surpreendo-me a escutar o ruído da tua mota.

Nuno, serás capaz de entender o silêncio dos meus gestos? Poderás escutar-me por minutos?

Comecei a pensar na morte quando tinha seis anos. Ainda não sou capaz de te explicar porquê. Sei que a ideia voltou de novo quando te perdi. Ou talvez tenha regressado quando deixei de ver o meu pai.

Nunca quiseste saber muito sobre o meu passado. Foi a forma que encontraste para fugir. Não te censuro, só lamento o amor que atingimos e perdemos.

Tenho pena da minha mãe. Toda a sua vida se organizou à minha volta. Um ano? Cinco? O tempo inteiro se calhar não chega, para que possa esquecer o resultado final da minha decisão. Embora me custe, não a alterarei.

Quando te conheci, senti-me renascer. Gostei do teu olhar de desafio, da intimidade com os teus amigos, do teu à vontade quando nos tocámos naquela festa, a segurares a porta para que ninguém entrasse, o teu corpo finalmente próximo (há muito te desejava e já o sabias decerto).

Não preciso falar da noite do Meco. Perdemo-nos naquela luz, na cumplicidade dos teus amigos, até na pressa com que devoravas perceves e engolias cervejas. A noite surgiu de repente, com um sabor de despedida que não adivinhava. Sei, no entanto, que me amaste inteiro. Não podes negá-lo. Não o farás e, quando souberes o fim, ficarás mais certo.

Recordo muito o meu pai. Aos quatro anos, a transportar-me num jipe velho até à escola, toda encostada às suas pernas, quase a impedi-lo de meter as mudanças, a acelerar com grande ruído para não chegarmos atrasados. A deixar-me entregue à empregada, mulher gorducha e rosada que nos beijava o tempo todo, até que a educadora surgisse, cabelo apanhado em carapaça e sorriso de circunstância. A buscar-me às sete, cansado do trabalho, cigarro na boca e papéis na mão, eu a querer ficar mais um bocadinho a brincar ao elástico ou ao «quantos queres?», ele a chamar-me com gestos impacientes. E a sentar-me ao colo depois do banho, para ver os desenhos animados, enquanto me penteava com uma escova e falava da escola. A minha mãe sorria da cozinha, o pai piscava o olho quando me achavam graça e, nesses momentos, achava que era a menina mais feliz do mundo.

Só aos seis anos me apercebi da primeira zanga. Acordei de noite com o meu pai aos gritos e a minha mãe a chorar, fiquei à escuta durante muito tempo, mas não percebi nada. Lembro-me de, no dia seguinte, ter estado atenta, mas tudo me pareceu bem. O certo é que, a partir daí, dava com a mãe de olhos inchados e com o pai a chegar cada vez mais tarde, sempre silencioso e distante. Tão afastado que a pouco e pouco se tornou um desconhecido para mim. E quando, quase dois anos antes de te conhecer, o vi fazer as malas e sair de casa sem falar, não posso dizer que tenha ficado surpreendida. Há muito que a mãe dizia que ele tinha outra mulher e que era uma questão de tempo, ou da sua capacidade para aguentar o que se passava sem nada fazer (quem sabe se para eu viver na ilusão de que tudo corria bem).

Depois da sua saída pouco ouvi falar dele. A princípio um telefonema no Natal, na Páscoa e nos anos, às vezes um cheque com uma carta a computador «um beijinho e aqui tens este dinheiro para comprares qualquer coisa. Teu pai, Carlos», depois a pouco e pouco o silêncio, o afastamento, a ausência de notícias. Constava que tinha ido para o estrangeiro, uma prima afastada dizia tê-lo encontrado em Castanheira de Pêra a trabalhar numa imobiliária, um amigo do liceu fazia-o no Norte.

O que mais me impressionava era o silêncio da minha mãe sobre a separação. Como se o passado não tivesse importância e toda a sua vida se pudesse organizar à minha volta. Sempre pensei que o afastamento deles era uma estória mal contada, mas que ganharia em fazer perguntas? Ele não regressava e por isso a mãe não voltaria a sorrir.

Para além do meu pai, perdi os meus avós paternos. Nunca mais voltei a Figueiró. Quando era pequena divertia-me. Passeios pela serra, uma grande casa cor-de-rosa e um jardim cheio de gatos, caminhos estreitos entre os pinhais, um cão pastor-alemão comigo em cima, como se estivesse a andar a cavalo. Depois do almoço um café na vila, velhotes a jogar cartas e a conversar, uma mesa de bilhar ao fundo cheia de jornais, doces diferentes dos de Lisboa em pratos cobertos por papéis de embrulho. O meu avô a oferecer-me um chupa-chupa à socapa, o pai a tratar por tu os donos do café, a recordar tempos de escola e brincadeiras proibidas. A mãe nunca gostou de Figueiró e Castanheira, achava tudo uma grande pasmaceira (como dizia), ainda por cima não se entendia muito bem com a minha avó.

Com oito ou nove anos gostava de lá ir nos fins de semana de inverno, trovoadas prolongadas, relâmpagos cada vez mais brilhantes na serra, chuvas intensas durante a noite. Nem sequer tinha medo dos lobos, uivos ao longe explicados pela avó, de vez em quando ovelhas destroçadas nos caminhos. E também não receava os fogos. Ainda hoje recordo incêndios que pareciam não ter fim, a sirene do quartel sempre a tocar, eu de mão dada com o avô, a ajudar a transportar água, ou a dar leite aos bombeiros. A avó dizia que era um perigo aproximar-me tanto, mas desde pequena me sentia fascinada pela luz, gritos de bombeiros, o ruído da resina a derreter, correntes de pessoas a fazer circular baldes de água. Ficava de olhos bem abertos até ver o fogo desaparecer e deixar manchas negras nos contrafortes da serra.

Nunca te levei à Lousã, nem para isso tivemos tempo. Também não sei se quero regressar a um passado onde nenhum conforto é possível recuperar. O pai deixou de se dar connosco, os avós morreram um a seguir ao outro, por volta dos meus dezassete anos, quem pode agora abraçar-me em Figueiró? E a casa cor-de-rosa já não deve existir, talvez seja uma ruína abandonada, depois da morte dos avós deixou de fazer sentido.

De Castanheira recordo ainda a minha madrinha. Foi a única pessoa a quem falei das minhas ideias de morte. Com dez anos, tinha saído há pouco da primária e passava férias com os avós, a madrinha era a melhor amiga e desde sempre muito próxima da família. Como era solteira, dedicava-se à costura e à afilhada, embora não tivesse dúvidas de que, comparada com os vestidos das senhoras, teria sempre o primeiro lugar. Contei-lhe que não queria continuar a viver, porque em breve estaria uma mulher, mas não seria como as outras, devido àquilo que se tinha passado aos seis anos. A madrinha disse logo que isso eram manias que tinha aprendido na televisão (bem tinha dito à mãe para não me deixar sozinha), não era possível que se tivesse passado uma coisa dessas, sempre tivera a ideia de que imaginação não me faltava. Levou-me sem hesitar a um padre amigo, com a sugestão de contar por alto os acontecimentos de quatro anos antes. Lembro-me da igreja, toda caiada de branco e com uma espécie de risca cinzenta nos cantos, o sino sempre a tocar, galinhas e cães sem dono até à porta, a dificultar o meu acesso. A madrinha mandou-me ajoelhar numa casinha de madeira escura, à esquerda da entrada, fiquei à espera que alguma coisa acontecesse e pudesse voltar para junto dela, sentada com ar tranquilo num dos bancos do centro da igreja. De repente, a casinha pareceu animar-se, um velho padre desatou a fazer perguntas, saiu-me tudo em torrente pela boca fora, a viagem e a América, o que aconteceu e não esqueci, o regresso a Portugal com um vazio enorme, como se tivesse arrancado um pedaço de mim própria.

O padre, lembro-me como se fosse hoje, ficou em silêncio por um momento, depois começou a rezar e a dar conselhos, a falar de pecados e de culpa (acho agora que deve ter sido isso), a perguntar pelos pais e pelos avós, e por que razão tinha ido parar à América naquelas férias. Como explicar que tudo aconteceu de repente, sem dar conta estava no avião ao lado de uma prima, de lágrimas nos olhos a dizer adeus à mamã, a pedir ao pai o último chocolate? Por isso o padre não deve ter percebido nada, pelos quadradinhos da portinhola via-o rezar e fazer o sinal da cruz, saí de lá com a ideia de que deveria ter feito qualquer coisa para tudo correr melhor na América, talvez fugir, gritar por socorro, contar a alguém, nunca continuar sem dizer nada, sofrer no silêncio do quarto, sobretudo recordar.

Não consigo esquecer este padre. Sinto ainda hoje o cheiro adocicado do seu perfume, o hálito coado pelas frestas da portinhola, o barulho das saias negras quando me reuni com a madrinha (não sabia que ainda havia padres assim). Depois de te conhecer sonhei uma vez com ele, devia corresponder à figura de negro que surgia a avisar do perigo que corríamos, traição, morte, eu cada vez mais frágil a ti, a despedir-me em cima de uma rocha numa praia deserta, tu de tronco nu (que eu tinha beijado) a estender a mão com um sorriso lindo, a prometer que não irias embora.

A madrinha não teve culpa. Nunca saiu da província e tudo o que sabe aprendeu na televisão. Disse-me:

– Tenho a certeza de que estás mais aliviada, Rita, não precisas de dizer a mais ninguém. Deus sabe o que faz. Reza o mais que puderes e Ele há de guiar-te.

E por isso não contei a ninguém e decidi levar este segredo para debaixo da terra. No dia em que me suicidar estarei liberta. Tu foste a minha única esperança, mas o teu sorriso e o teu corpo só trouxeram uma noite de paz.

Já decidi tudo. Esperei por ti com tanta ansiedade, fiquei tão vazia com a tua ausência, que só a intensidade do nosso amor me mantém ainda viva. Por pouco tempo. E como decidi conservar a verdade apenas dentro de mim, a minha morte far-te-á sofrer. Por pouco tempo também. A certeza da tua força é a razão da minha partida definitiva.

A Renata também não sabe o que se passa. É a minha melhor amiga, deve ser equivalente ao Pedro. Falo nela agora, porque sabes como a Renata é importante para mim. Houve um dia em que estive tentada a contar-lhe tudo. Estávamos numa aula de Filosofia do 10.º ano a discutir o sentido da vida, segredei-lhe que tudo me parecia sem solução. A Renata convidou-me para jantar, um *hamburguer* a correr enquanto falava, puxou pelo assunto mas em vão. Ninguém compreenderá este meu desgosto tão antigo, a madrinha não será capaz de relacionar os factos e o velho padre já cá não está.

Tenho pena de deixar a Renata. É uma das melhores pessoas que conheço. Para ela tudo se resolve. Não perde tempo em conversas inúteis e está sempre disposta a ajudar. De vez em quando diz que não ando nada bem, mostra-se pronta a ouvir-me, mas que pode fazer? Como poderá compreender que me cruzei com a morte aos seis anos, nas férias da América, e a reencontrei depois de te perder?

Também podia ter falado com a Andreia. Estou menos próxima dela, mas tenho a certeza de que saberia ouvir-me. Poderia contar a pouco e pouco a origem deste meu medo. Não quero. Assim desaparecerei sem deixar rasto. As pessoas pensarão que foi droga ou uma crise de loucura. Ninguém compreenderá que dos seis aos dezoito anos morri todos os dias, exceto naquele momento em que pensei viver contigo. E continuar depois de morta através de um filho

Salvador   Martim   Lourenço   José Maria

já sei que sempre preferiste

António   João   Manuel

nunca Carlos como o meu pai, não gostas, talvez Nuno como tu. Tenho a certeza de que seria um menino, os homens preferem sempre um rapaz para primeiro filho, por isso não vale a pena dizer-te que adoraria Beatriz ou Mariana...

O certo é que nos perdemos no desejo, receámos apagar com o hábito a luz que nos uniu, por isso nos separámos e vou partir, como pode a Andreia entender tudo o que se passou?

E ao mesmo tempo que saudades

Renata Andreia Sara Joana

que recordações dos nossos telefonemas de horas, memórias de conversas ciciadas nas casas de banho da escola, primeiras curtes (nunca um amor como o nosso), a Joana a afastar-se um pouco quando anda com alguém, depois a combinarmos tudo num jantar do Bairro Alto...

Talvez a Andreia pudesse ter sido uma solução. Deu um apoio fantástico à Renata naquele problema com o Vasco, mas não é possível compreender que se morre aos poucos desde a infância. É mais fácil entender que foi droga, ou abandono teu, os nossos amigos bem sabem que fui sempre eu que amei, apenas te deixaste amar por momentos.

Lembro-me da chegada à América. A prima queria mostrar-me Nova Iorque (na altura fiquei com a ideia de que o objetivo eram algumas compras para si própria), recordo prédios enormes, elevadores de vidro, táxis amarelos e fumo a sair do chão. Saudades dos meus pais, um homem a engolir fogo na rua, mais compras da prima (calças de ganga, sapatos de ténis, mala de viagem de plástico verde, máquina fotográfica e outras coisas que não recordo), eu a chegar ao hotel cheia de sede e dores nos pés, corredores enormes com quartos de todos os lados, uma máquina de fazer gelo em cada esquina, à noite a dormir numa cama de casal agarrada à prima, à espera das prometidas férias americanas que não sabia quando chegavam.

Finalmente a terra dos meus tios e primos. Um comboio à antiga a sair de Nova Iorque, a ouvir falar português assim que entrei, adormeci por momentos encostada ao vidro, depois mais casas grandes, fábricas, descampados (lembro-me de tudo), até chegar onde queríamos. O irmão do meu pai à nossa espera, enorme, *T-shirt* branca com dizeres que a prima traduziu e não entendi, pulseira de oiro no pulso direito e grande relógio no esquerdo, a conduzir-nos num automóvel cheio de cromados por ruas ladeadas por prédios baixos, armazéns de cor vermelha, bandeiras portuguesas por toda a parte, a prima toda contente a gritar:

– Ritinha, olha a bandeira da nossa terra! Que giro, Coutinho's bakery, Seabra's marisqueira, parece que estamos em Portugal! Repara em tudo, querida, para depois contares lá em casa aos pais...

Calor na rua, de repente um café e frio lá dentro, muita gente a beber cerveja e a falar português, andei de colo em colo a ser beijada como se fosse uma boneca.

– Estás a gostar de Newark, Ritinha?

O nosso destino estava longe, de novo o carro enorme com música altíssima, o tio às piadas à prima sem olhar um minuto para mim, mais ruas com bandeiras de Portugal, rapazes com camisolas do Sporting e do Benfica, velhos de chapéu sentados em bancos à porta de cafés, adormeci de novo no banco de trás, à espera que alguém me pegasse ao colo, levasse de volta no comboio e no avião e pudesse acordar em Lisboa, ao colo de minha mãe.

Um dia, mais perto da minha morte, vais saber o que se passou a seguir. Ainda não consigo. A madrinha e o padre sabem, mas não perceberam nada. Tu poderás entender, se não fugires uma vez mais. Espero que não. Não contei à Renata e à Andreia com medo de as perder. Tantas vezes precisei desabafar, cheguei a pensar pedir ajuda a um psicólogo, mas depois não fui capaz. Contigo, estou segura para o fazer. Primeiro porque sei que me amaste (amas ainda?), depois porque tenho a certeza de que aguentarás, agora que estás mais longe de mim.

Amor, que ruído ainda te magoa? Que inquietação ainda te vence? Vou até ao fim para te libertar. Como poderia continuar a viver sem ti? Como possuir vida se a levaste contigo, depois daquela noite na casa do Meco? Estou junto a ti e deixei de te ver. A dor de te perder é tão grande que a vida se transformou numa espécie de deserto, uma terra onde não encontro água para beber, onde não é possível continuar.

O nosso encontro foi curto. Não faz mal. Foi tão intenso que o tempo não é capaz de o medir. Será que compreendes isso? É possível imaginar que ainda me escutas, agora que não atendes o telemóvel e foges dos meus recados?

Um dia vou contar Newark. A primeira vez que me separei dos pais, com seis anos de idade, como já sabes. A altura em que me senti tão cheia de coisas más, que o destino inevitável parecia ser a morte. Como vai ser em breve.

Só existiu um momento em que tive alguma esperança. Sabes qual foi. Imaginei amar-te para sempre, encontrar em ti um sentido, unirmo-nos através de um filho

deixava-te até escolher o nome

poder envelhecer ao pé de ti, sozinhos em casa, os nossos filhos (António e Mariana) em casa dos avós, recordar o Meco e esquecer Newark, abraçados até poder adormecer nos teus braços, a noite a rodear-nos até ao dia seguinte.

13

A Renata nunca compreendeu o nosso amor. Sempre te achou giro, mas muito miúdo. Lembro que te adorou, quando apareceste de cabelo cheio de gel, um blusão *Armani* trazido de Itália pelo teu pai, camisa azul a condizer com calças novas que te ficavam muito bem. Vinhas tão contente que o meu coração se sobressaltou, pensei que iríamos ficar juntos para sempre. Disse-o à Renata na casa de banho do restaurante, a ajeitarmos a roupa frente a um enorme espelho.

– Rita, ele é um puto! Como podes ter andado com o Francisco e querer andar com ele? É apenas giro, mais nada. E deve ter a mania que não há mulher que lhe resista...

E parecia mais velha, uma espécie de tia a dar conselhos. Não levei a mal porque ainda não te tinha amado. Lembras-te? Foi entre a varanda e a noite no Meco, estava a tentar aproximar-me, sem adivinhar o que se ia passar. Tu encaravas tudo com tranquilidade, falavas das aulas e de futebol, nessa noite o gel impedia o teu gesto de ajeitar o cabelo para trás.

Como podia imaginar que o teu riso, que durou a noite inteira, se perdesse depois e já não seja meu? Como sonhar contigo e não te ter ao acordar? Como explicar que ainda me visitas e afinal permaneces longe de mim?

Foi a única vez que juntámos os amigos. Do teu lado, o Pedro e o João; do meu, a Renata, a Andreia e a Sara. Foi difícil a princípio, ninguém sabia ainda o que significávamos um para o outro (alguém chegou a saber?), salvou-nos o João com as piadas que às vezes te aborreciam. O Pedro começou logo a controlar a Andreia, será que algum dia dará para andarem?

No fim do jantar quiseste logo ir para casa, nem os teus amigos te convenceram a continuar a noite. Foi a primeira vez que fiquei com a ideia de que talvez estivesses a fugir de mim. Como fiquei certa mais tarde! Como não tive amor tranquilo para dar, deixei transparecer Newark e o meu pai, fiz crescer dentro de ti o medo de não seres capaz de ficar livre, só contigo próprio e com os teus amigos, o receio de não conseguires entrar na Universidade e um dia, muito mais tarde, não poder casar e ter filhos... foi isso?

Nessa noite levei a Renata a casa e voltámos a falar do Francisco. Ela sabe que foi importante. O Francisco tem mais dois anos e já nasceu crescido. Andava na Faculdade, fazia tudo bem feito, não tive a certeza se o amava, mas sempre gostei muito dele. A minha mãe dizia até que era um namoro demasiado sério, afinal só tinha dezassete anos e nunca tinha andado com ninguém (só *flirts*, como ela dizia).

Newark voltou na primeira noite em que fiquei com ele. A Renata aldrabou a minha mãe com a desculpa de um trabalho, estivemos na discoteca até muito tarde, depois o Francisco levou-

-me até Sintra. Uma casa grande cheia de móveis antigos, um piano negro inacessível virado para a parede, salvas de prata em vitrinas ao longo do corredor, casa de banho de mármore negro onde não me senti bem. Quando entrámos pelo portão do jardim, senti o cheiro das açucenas e o cão do Francisco surgiu aos pulos a receber-nos. Fiquei um pouco perdida numa sala enorme, cadeirões avermelhados virados para fora, uma pequena mesa tão fora do sítio como eu, lustres no teto com lâmpadas fundidas.

O Francisco preparou uma ceia num instante e serviu-a num grande tabuleiro de madeira. Chá de menta num serviço avermelhado, compota caseira, biscoitos. Lembrei-me dos meus pais e dos *scones* sábado à tarde, uma casa de chá em Cascais com um bule de latão em cima da porta, «English Tea Room», íamos de carro pela Marginal a olhar o mar, regressávamos já noite, sempre a conversar até Lisboa.

Fizemos amor no quarto do Francisco. Estive bem até Newark me invadir. Gostei da colcha da cama cheia de pinturas de pássaros, do tapete azulado no meio da divisão, até da mesa-de-cabeceira com divisória para o bacio. O Francisco foi terno e atento, inquieto quando encontrou lágrimas no meu rosto, mais tarde um pequeno soluço que não consegui disfarçar. Disse-lhe que estava cansada e com frio, aconchegou-me a roupa e ficou quieto a meu lado até de manhã.

No dia seguinte quis partir cedo. Ouvia água a correr na quinta, cães a uivar ao longe, o vento nas árvores frente à janela. Fiquei com a ideia de que a minha mãe perceberia quando cheguei a casa. Ajudou a preparar um banho de espuma e ficámos a conversar, até sentir o cansaço invadir-me e querer esquecer tudo.

E embora a Renata saiba que o Francisco foi importante, ignora que só tentámos fazer amor mais duas vezes. Tudo corria bem quando me abraçava e beijava, vê-lo a despir-se enchia-me de pânico, virava a cara para o lado, Newark, a minha prima a repetir «Seabra's marisqueira», «Coutinho's bakery», a pulseira do meu tio no braço com pelos, choro, ameaças, o avião de regresso e a voz suave da hospedeira «senhores passageiros, dentro de momentos aterraremos em Lisboa», os pais à espera felizes com o meu regresso.

Mais tarde, sonhos, pesadelos, acordava no meio da noite e pensava estar em Newark, o meu pai vinha buscar-me e puxava por uma corda, no outro lado um gorila, um homem das cavernas, alguém muito forte que não me deixava partir. Ou então estava no meio de um lago e na margem via um rapaz muito bonito, de repente surgiam redemoinhos, algas gigantescas, lodo, a deixar-me presa no meio das águas, acordava aflita depois de chamar em vão, a afogar-me a cada instante que passava. Outras vezes sonhava com o dia do casamento, eu e o meu noivo ajoelhados no altar de uma igreja antiga, flores, parabéns em fila de pessoas bem vestidas, festa a prolongar-se pela noite. Devia ser em Sintra, ao longe descortinava o Castelo dos Mouros e o Palácio da Pena, mancha avermelhada da cor do pôr do Sol, mesas de casamento decoradas com laços de cetim azul e amarelo, chão de terra batida e árvores entre as cadeiras. Saía com o noivo já de madrugada, tudo parecia correr bem até à nova casa, depois outra vez o inferno, relâmpagos, chuva, a pulseira do tio era o puxador da porta, ficávamos na rua sem poder entrar, a ouvir dentro de casa ruídos estranhíssimos, portas a bater, vidros a quebrar, gargalhadas, olha Ritinha ali é a Coutinho's bakery, repara na Seabra's marisqueira...

E por isso acabei com o Francisco sem rancor ou amargura. A Renata não podia compreender.

Despedi-me dele numa manhã e nunca mais o vi.

Combinámos encontro num café frente ao jardim de Campo de Ourique. Carrinhos de bebé, pessoas velhas a jogar às cartas, namorados abraçados, observámos tudo sem nada dizer, a certa altura dei comigo a murmurar «Não dá para continuarmos a andar», mais uma vez Newark e as bandeiras portuguesas, o Francisco de *boxers* e eu a disfarçar como se nada se passasse, desilusão, vazio.

Fiquei a vê-lo afastar-se ao longe, ladear os carros mal estacionados, comprar o jornal numa esquina e ficar a ler, enquanto eu olhava as crianças do jardim e desejava ficar só para sempre.

Tudo mudou quando comecei a amar-te.

Não me importei que a Renata te chamasse puto. O teu corpo falou comigo, logo na varanda onde nos aproximámos, mais tarde (como sentiste) na casa do Meco.

Precisei tanto de te amar. Percebi-o cedo. Eras novo, mas sempre senti a tua presença forte perto de mim. Desde sempre compreendi que só te podia amar na perfeição. Queria fazer amor contigo para não existir mais nada depois. Em conjunto seríamos capazes de criar um mundo novo.

* * *

Como explicar ao médico a libertação que sentia agora? Uma paz interior desconhecida para mim, a tranquilidade há muito perdida, permitiam que ficasse sentado a estudar horas a fio, como que a recuperar tempo mal gasto, ou então permanecer deitado em frente da televisão, a saltar programas e a relaxar, depois a ler um jornal desportivo aberto no chão do quarto, finalmente a descansar.

E, no entanto, bem no fundo, a dúvida persistia. Pode-se morrer por falta de amor? E se isso aconteceu contigo, de que perda falamos? Existiu, para além de mim, alguém importante que perdeste? Preferia sonhar-te viva, mesmo à custa do meu modo de te ver. Ao avô também, sem dúvida que sim. Mesmo agora, depois da desilusão do seu erro, não consigo condená-lo. Tal como tu, só aceitava a perfeição. E a morte é a certeza definitiva de que não continuaremos a errar, a segurança derradeira de que a dúvida terminou. A completa confirmação de que já não é possível hesitar, voltar atrás, andar por outro lado. A decisão de caminhar em frente, para o precipício, sem poder escolher nenhum atalho. A estrada que o coração por fim abandonou. Como se estivéssemos de vez sem luz.

Não condeno o avô, não censuro a Rita. Sei que desistiram, mas quanta coragem física foi necessária para ir em frente, no tal caminho sem luz, à espera de uma paz impossível de encontrar em vida? Quantos avanços e recuos, sensações de que melhores dias acabariam por vir, talvez o amor para a Rita e o fim das queixas do cliente para o avô, quem sabe se a avó Lília também pensou no suicídio?

Aceito as decisões, protesto contra o egoísmo. Não pensaram um minuto em nós. Rita, sei que se eu tivesse ficado talvez não tivesses partido, é possível que conseguisses fazer-me crescer e amar-te. Avô, naquele instante em que tudo estremece e o mundo parece desabar, talvez fosse possível um empréstimo, um adiantamento (o papá haveria de saber), qualquer coisa que te ajudasse a ficar no meio de nós. Decerto também fomos importantes, como foi possível partirem sem se preocuparem connosco? Por que razão nos abandonaram, nos deixaram cheios de dúvidas, raivas surdas pelas vossas mortes, sensações de que nada será como dantes?

Preciso falar com o médico sobre o que estou a pensar. Sinto-me, é um facto, muito mais tranquilo. É uma sensação nova que dura quase o dia inteiro. É pena que, de repente e sem saber porquê, uma inquietação de novo me invada, ponha tudo em causa, e fique outra vez perdido. Espero que estes momentos sejam cada vez mais espaçados, surjam com menos força em cada dia que passa, para que por fim me sinta liberto e possa renascer.

O meu professor de Filosofia publicou um livro sobre a morte. Convidou os alunos para o lançamento e, arrastado pela Leonor, lá apareci também. Uma livraria desarrumada, livros da semana assinalados com um espeto metálico (a professora de Português diz que vai sempre à frente a literatura trivial), clientes a passear entre os balcões sem nada comprarem, vitrinas com canetas e objetos inúteis. Uma escada interior a desembocar numa cave mal iluminada, à direita as cadeiras para o lançamento, à esquerda um pequeno balcão para venda de livros de arte.

Gostei de ver o s'tôr, fato completo e gravata, a sorrir para uma jornalista que não tirava os olhos dele. Sempre pensei que tinha um caso com a professora de Latim, desde que os encontrei uma noite num bar do Bairro Alto porque, embora estivessem mais pessoas, só falavam um para o outro. Agora estavam bem longe, talvez o professor de Filosofia não quisesse mostrar-se acompanhado já que, como comentou o Pedro, não faltavam gajas giras.

O livro foi apresentado por um senhor de cabelos brancos despenteados, a segurar um cachimbo apagado, a inclinar a cabeça e a endireitar os óculos, fazendo com que a leitura se transformasse numa maçada. Tudo melhorou com o nosso professor, sorria para a esquerda e para a direita com ar muito contente, de repente disse:

– O único problema filosófico verdadeiramente sério é o suicídio, escreveu um dia Albert Camus (escritor francês, Prémio Nobel para os que não saibam), é um autor de que gosto muito. E este é um livro sobre a morte, mas também sobre o suicídio, como não podia deixar de ser. Para contribuir para a discussão sobre a morte e a autodestruição, temas importantes que ninguém quer abordar na sociedade de hoje...

Bem sabes que é um assunto sério, disse-me em segredo o João, a abraçar-me com força num recanto da livraria. A Leonor era a mais contente de todos nós, muito direita numa das filas da frente, ao lado do Presidente do Conselho Executivo da nossa escola e de uma senhora de óculos fortes, que identifiquei como da Associação de Pais. Tanta gente da escola, se tudo corresse bem nunca mais os iria ver, talvez um dia passasse por lá no dia do patrono, doces e refrescos na Sala dos Professores, pais de ar tímido a tirarem a custo um bolo de coco, os betos todos juntos encostados à parede a sorrir, o nosso grupo a fazer barulho no centro da sala.

Parece que o lançamento do livro estava a terminar, algumas pessoas dirigiam-se para a mesa com um exemplar na mão, a Leonor disse ao professor de Filosofia que não tinha dinheiro mas que não dispensava um autógrafo, apeteceu-me dizer a todos que por mais que se escreva sobre a morte ninguém percebe o suicídio, vou ler o livro do s'tôr a ver se concorda comigo. Quando já nos íamos embora o professor chamou-nos para um copo, sumo de laranja e whisky *numa pequena mesa ao fundo, pequenas tapas de cor diversa trazidas em bandejas com fundo de espelho, sorrisos, votos de êxito para o livro, quem se irá interessar por uma obra sobre um tema tão difícil?*

Apeteceu-me então escrever um livro sobre a tua morte. Começava no momento em que nos amámos daquela forma imensa, tão próximos um do outro que na verdade não sei se existíamos separados. Depois eu não fugiria logo. Perguntaria ao s'tôr de Filosofia ou à s'tôra de Português como se prolonga uma história (por mim chegava logo ao fim), talvez fosse fazer uma viagem contigo à ilha do Faial, a avó Teresa havia de explicar-me os locais mais lindos para gostar de ti. Podia ser que tivesses curiosidade (como eu) de encontrar a Sociedade Recreativa, na cidade da Horta (onde os avós se conheceram), depois talvez pudéssemos ir de mochila às costas explorar a cratera de um vulcão, ou de fato de mergulho tentar ver o fundo do mar. Em seguida de inter-rail *pela Europa até Itália, gosto dos jogadores do futebol italiano e apetecia-me ir a Roma. Às vezes janto com os pais num restaurante que tem uma fotografia do Coliseu, não tens vontade de ir até lá? Talvez tivesse sorte e pudesse assistir ao Roma-Lazio, tu decerto querias ver o Papa, representante do Deus em que dizes acreditar.*

Faz algum sentido a tua morte? A do avô faz. E a tua?

Por isso prolongava mais o livro. Voltaríamos à casa do Meco, talvez pudéssemos recuperar aquela noite, se a prosa estivesse a sair bem era capaz de tentar descrever o nosso amor, ou então, boa ideia, por que razão não faria um poema?

Terias dificuldade em compreender a importância do suicídio do avô. Já não era novo, costumam dizer as pessoas, como se existisse uma idade certa para morrer. Nunca aceitamos a morte das pessoas que amamos (só o sei agora). Talvez não pusesse a sua morte no nosso livro, só o médico, aliás, compreende a ligação.

Haveria por isso de amar-te por mais tempo, também podíamos voltar a Almoçageme e ao Bairro Alto, iria a tua casa conhecer a tua mãe, talvez pudesses jantar connosco no restaurante com o Coliseu de Roma.

O livro não teria um final feliz. Detesto happy-ends *e filmes cor-de-rosa. Seria trair-te. Se escolheste partir e eu não te soube reter, não iria agora proceder do outro modo. Só talvez lutasse mais. Ninguém podia aceitar um livro onde uma pessoa desaparece de cena só porque outra não quer estar com ela.*

– Compreendo que te sintas mais forte, Nuno. A psicoterapia que tens feito comigo deu-te alguma confiança para ires mais longe na compreensão da história da família. Não quero discutir contigo os pormenores do suicídio do avô. Apetece-me dizer basta. Um psicoterapeuta, como já disse, é um guia de uma viagem, não é um detetive, nem um guardião da moral. Aceito a teoria do perfeccionismo, estou de acordo que tudo se deve ter precipitado pelo facto de o avô não ter dado aos clientes o dinheiro da ação. Já te expliquei, no entanto, que o suicídio é um fenómeno multideterminado, por isso a autodestruição do teu familiar tem várias origens, não tens de quebrar a cabeça a encontrar todas.

– Parece um professor da escola a puxar para cima, quando temos uma má nota num teste. Já expliquei que a morte do avô, agora, me dá força. Sei que ele gostaria que andasse para a frente. Vou fazer-lhe a vontade e, como já disse, não conto a ninguém o problema do dinheiro. Agora está tudo melhor lá em casa, não faz sentido tornar a remexer as coisas.

– Sei que procuras a mesma força no suicídio da Rita. Não vai ser fácil. Faltam elos na corrente explicativa que construímos em conjunto. Claro que ela morreu por falta de amor, a questão está no momento em que se abandonou a essa perda e se deixou morrer. Porque o suicídio não existe apenas no momento em que se morre, começa muito antes. Não quero dar-te uma aula de Psiquiatria (estás no 12.º ano e farto de lições, aliás vocês costumam dizer que as aulas são uma seca). Preciso dizer-te, contudo, que os psiquiatras costumam falar na síndrome pré-suicidária – é importante que saibas isto. Primeiro, há uma renúncia a certos objetivos, as pessoas vão desistindo de fazer coisas e deixam de alargar as suas experiências, voltam-se para o passado e cada vez mais para si próprias; depois, surge a agressividade, deves ter notado a Rita mais agressiva, nos dias antes da morte; finalmente, os pré-suicidas veem surgir na consciência tendências irresistíveis, nas quais o gesto suicidário se vai enquadrar.

Sentia dificuldades neste momento da psicoterapia, por isso perdia-me em considerações teóricas que deixavam o rapaz enfastiado. As interpretações do psicoterapeuta necessitam ser curtas, para não perderem eficácia. Quando se substitui uma intervenção incisiva por uma série de explicações, como estava a acontecer, não somos capazes de gerar mudança.

– Não percebi nada do que disse, só talvez uma coisa, é que não devo andar à procura de respostas para a morte da Rita. Acho que tem razão, estou convencido de que não conseguiria ir muito mais além. Não vou falar com a mãe, não sei onde para o pai, a quem posso fazer perguntas? E, além disso, tenho quase a certeza de que a Rita não deixou a ninguém a explicação da sua morte. Talvez a soubesse, estou convencido, como lhe disse, de que havia um segredo qualquer, mas não o revelou a ninguém. Devo dizer, professor, que cheguei a estas conclusões sozinho, não preciso ouvir tanta coisa. Já basta o *stress* das aulas!

Queria dizer-te uma coisa: agora que já decidi morrer, a casa do Meco é para mim uma ruína.

Os locais de amor infeliz transformam-se em destroços. No momento em que tive a certeza que não veria de novo o teu cabelo com gel e o teu olhar de miúdo, em que fiquei certa de que a minha salvação, dantes tão perto, se tinha perdido em definitivo, para quê continuar? Sei, neste instante, que só restam sombras, medos, solidão à noite no meu quarto, a minha mãe na sala ao lado a ver televisão, a frase do meu pai quando o encontrei há um ano num café de Campolide (um balcão enorme a servir sopas, pastéis de bacalhau e rissóis de camarão, mesas alinhadas a quatro, uma toxicodependente magríssima a pedir um bolo e a ser mandada embora por um empregado de bigode).

«A vida é um dilema singelo, ou se é bigorna ou se é martelo.»

Fiquei a olhar para ele sem nada dizer, a toxicodependente tinha agora dinheiro para o bolo mas ninguém a atendia ao balcão, os empregados continuavam a pôr os toalhetes individuais de papel a pessoas que só comiam sopa e um queque, o meu pai olhava por cima do meu ombro para alguém (uma mulher) na mesa atrás, depois virava-se para mim e dizia:

– Percebes, tens de compreender, a vida é um dilema singelo, ou se é bigorna ou se é martelo, e eu não quero ser martelo, entendes?

Claro que sim, pai, hoje já sei que a mãe é a bigorna e tu continuaste a ser martelo, mesmo que não lhe batas nem grites connosco, as feridas maiores são as do abandono, lembras-te, Nuno, quando te disse: «Acho afinal que apenas me olhaste, não quiseste conhecer-me?» Hoje sei que errei, devia ter-te dito: «Agora que me conheceste, não quiseste olhar-me.»

Porque se tivesses continuado a olhar-me eu não partia, a morte pensada desde os seis anos seria mais uma vez adiada, talvez dominada para sempre, o sonho da tua noite ficaria real, seria a tua presença a falar-me e não a tua falta como agora, viveríamos os dois em casa dos pais até que um emprego razoável permitisse a fuga.

Podia ser que um dia me reconciliasse com o pai, voltaria ao café de Campolide, onde outra toxicodependente talvez já fosse atendida ao balcão (quem sabe se poderia até sentar-se numa mesa), trocaria o *Punto* por um carro mais resistente, voltaríamos ao Meco e ao Bairro Alto, teríamos dois filhos com os nomes que quisesses, estavas de novo de gel e com sorriso de miúdo...

A verdade é que precisas saber o nome deste medo, antes de eu morrer vais conhecê-lo, compreender que há um instante, um derradeiro segundo onde a morte faz sentido e é refúgio, onde é natural tudo terminar.

Nesse momento já não é possível, deixamos de acreditar no mundo porque já não estamos nele, esquecerei a tua presença forte e o gel do teu cabelo

pulseira medo solidão

a vida é um dilema singelo, ou se é bigorna, ou se é martelo
nesse segundo já nem sequer serei bigorna
porque serei nada

há ainda esperança? Será possível olhares para
mim de novo?

Sinto tudo a oscilar à minha volta, escolho os dias ou o esquecimento?

areias   pedras   as bandeiras portuguesas

Seabra's marisqueira, Coutinho's bakery (a voz da minha prima no carro do meu tio)
o teu corpo nu na casa do Meco.

14

– O senhor doutor não imagina o apoio que o Nuno me tem dado. É estranho, mas desde que fomos ao cemitério noto-o mais calmo. Devo dizer que na altura fiquei preocupada. Não posso esquecer o meu neto com as flores na mão, de lágrimas nos olhos ao pé da campa do avô... E ainda dizem que a gente nova de agora não tem sentimentos! Sabe, tive uma discussão no café ao pé de casa, custa-me ver criticar os miúdos, porque me lembro logo do Nuno e da Susana. Moro ao pé de um liceu, quando vou dar as minhas voltas pelo bairro vejo muitas coisas. Há dois dias tomava o meu cafezinho, estavam lá muitos estudantes, faziam um bocado de barulho, mas nada de especial. A dona do café desatou aos gritos, a pôr todos fora, estavam a deitar cinza para o chão. Não sei se era verdade e tenho pena que fumem (já disse o mesmo ao Nuno, devia deixar isso), mas tudo se podia resolver com uma conversa, não acha, senhor doutor? É como lá em casa, nada corria bem porque não se falava, agora está diferente, e para melhor. Eu também vou bem, sei que o senhor doutor se interessou pela minha saúde, mas desde que a tensão ficou controlada nunca mais desmaiei ou me senti mal...

Estava com a família em mais uma sessão conjunta. Tinha-os encontrado no bar do hospital (um corredor estreito com balcão à esquerda e mesas para seis pessoas à direita, empregados amáveis pressionados pela pressa dos funcionários a exigirem os pedidos, «esse prego no prato sai hoje?», médicos todo o tempo a falar de casos clínicos), a avó frente ao Nuno e à Susana a insistir para que comessem, os pais de pé, empurrados por quem passava, cheios de pressa para pagar, não imaginavam o meu atraso e queriam por certo sair cedo. Cumprimentei-os com um aceno, achei os jovens com ar descontraído e saudável, os adultos um pouco contrariados naquele bar tão confuso, que alguém designou por «toxinas» num dia de particular asseio.

A presença da avó na sessão tinha sido sugerida pela importância dos acontecimentos recentes, relacionados com a morte do avô. Na abordagem mista, individual e familiar dos problemas da adolescência é importante manejar com prudência a circulação de informação entre os dois contextos terapêuticos.

Para ser possível um aliança terapêutica com os adolescentes, são necessárias várias condições: o conteúdo das conversas a dois não pode ser transposto para as sessões familiares, não é correto receber os pais na ausência dos filhos, é preciso ser particularmente cuidadoso com zonas de intimidade alcançadas na terapia individual, cuja divulgação, mesmo parcial, se revela desastrosa. Neste caso, duas zonas sensíveis exigiam prudência: a profundidade da relação com a Rita e a descoberta do segredo do avô.

O pai parecia querer mostrar-se cauteloso:

– Concordo com a minha sogra num aspeto: o Nuno está mais atento e voltou a ser o rapaz meigo que todos conhecemos. Vejo também que está agora a estudar com bom ritmo, se continuar assim não vai ter problemas para entrar na Faculdade, o que é bom para todos nós e, sobretudo, excelente para ele. Agora devo dizer-

-lhe uma coisa que me preocupa: ainda o vejo muito nostálgico, vou dar com ele no quarto, deitado em cima da cama a pensar, ou então sentado em frente do computador, a fumar, sem fazer nada. Estes momentos são agora mais curtos, é verdade, mas são tão intensos e, sobretudo, eram tão impossíveis de acontecer no Nuno de antigamente, que fico a pensar que ainda há muito para trabalhar consigo.

Fiz circular a comunicação por toda a família, a mãe foi a primeira a responder:

– Estou otimista. O Nuno cresceu, essa é que é a verdade. E ninguém falou em terminar a terapia, acho que as consultas com ele deveriam continuar mais um tempo. As sessões familiares talvez não, sinceramente faz-me um bocado de diferença perder quase a manhã toda, estou com muito trabalho no escritório. E tenho ideia de que agora já somos mais capazes de caminhar sozinhos...

É a família que decide o fim da intervenção terapêutica. Ao técnico não compete acentuar as conclusões obtidas, nem prolongar as sessões, na busca de objetivos só definidos dentro de si. As famílias necessitam de tempo para metabolizar as alterações conseguidas, no processo de uma coconstrução obtido na terapia.

Foi um pouco nessa perspetiva que o rapaz tomou a palavra:

– Não se preocupem comigo. Estou melhor, já tenho mais prazer nas coisas. Consigo ler e escrever (como sabem são duas coisas essenciais para mim) e as saídas à noite estão-me a divertir outra vez. Concordo com a mãe que talvez não seja preciso voltarmos todos cá, sobretudo para os meus pais é complicado, mas eu ainda quero falar mais umas vezes com o professor.

– Sobre a Rita?

Fez-se um silêncio depois da pergunta da Susana. Os elementos mais novos das famílias conseguem, em muitas ocasiões, ir diretamente ao fundo dos problemas. Menos preocupados com o equilíbrio do conjunto, privilegiam o comentário certeiro e o desfazer de equívocos.

Sim, minha irmã, conversarei sobre a Rita. Falar sobre ela é conhecer-me. Um dia compreenderás que é no amor que nos realizamos. Ainda é muito cedo para o saberes. Mais a mais este não é um assunto de família, muito menos um tema para discutir entre irmãos.

Rita, estou quase a dizer-te adeus. O vazio que deixaste com a tua morte preenche-se a pouco e pouco. Amigos, estudos, família, um pouco este médico que às vezes se distrai e parece distante, fazem com que os meus dias vivam e me sinta renascer. Não penses que te traio. Os sentidos, antes fixados em ti, perdem-se agora noutras coisas, nalgumas pessoas. Tenho outros guias. Estas consultas a que chamam psicoterapia permitiram compreender a névoa que senti com a tua morte. Quando a tua mãe mostrou a carta que deixaste vi tudo desfocado, o corpo parecia separar-se de mim, por momentos o mundo à minha volta pareceu diferente. Quase não reconheci o Campo Grande, parei ao pé de uma livraria à espera do autocarro, encontrei pessoas apressadas, carros em cima do passeio, contentores de lixo derrubados, um sem-abrigo a dormir no chão. Durante todo este tempo imaginei não ser possível recompor-me. Muitas vezes vi o teu rosto junto ao meu, noutras ocasiões surgias ao fundo da rua, ouvia a tua voz na rádio, até descobri o teu rosto num programa de televisão. À noite visitavas-me com frequência, ora em apelos desesperados, sozinha na escuridão a chamar por mim, ora rodeada pelas tuas amigas (consegui distinguir pelo menos a Renata e a Andreia), numa brincadeira ruidosa que não conseguia decifrar. Às vezes acor-

dava de manhã no meio de um sonho, os dois abraçados num local desconhecido, cadeiras de ferro pintadas de branco, árvores de troncos grossos a deixarem cair milhares de folhas amareladas, um empregado a servir-nos chá e biscoitos de garfo, chegava o pôr do Sol e começavas a sentir frio. Aconchegavas a tua cabeça no meu colo, estendias as pernas ao longo do banco verde de jardim, ficávamos quase imóveis e em silêncio até a noite chegar. Ou então o sonho era diferente, trilhos desordenados em caminhos de lama, pássaros negros, cães esfomeados, surgias de repente a conduzir um jipe de olhos vendados, tentava evitar que saísses do caminho principal através de acelerações constantes da minha mota, passavas por mim num segundo e enfiavas por um atalho cheio de pedras, buracos no chão, restos de ferro-velho, gatos mortos, até desapareceres ao longe.

Agora está tudo diferente. Não sonho, ou não me lembro. Acordo sem o teu cheiro e com o pensamento quase sempre longe de ti. Quero dar uma volta à minha vida. E se é grande a mágoa de te ter perdido, maior é o desejo de renascer.

Quando estiver na Faculdade e encontrar alguém para andar, mordedura de cão cura-se com pêlo de outro cão, não farei comparações. Almoçageme, Bairro Alto, Meco, são sítios que evitarei. Ficarão para sempre nossos, como nossa é a intimidade dos encontros no cemitério. Todos os anos, no dia da tua morte, terás uma flor ao pé de ti, diferente da do avô. Não vou esquecer.

Agora que falta muito pouco tempo, não preciso dizer que te amei. Tu sabes, e por isso não necessito lembrar. A esperança que me restava deixou de te visitar. Hoje está um dia escuro, diferente da tarde do Meco, não tenho os teus olhos nem a luz do Bar do Peixe.

Já não há muito a contar. O mais importante ficou dito pelo meu corpo e pelo olhar que fixava em ti. Tenho muito frio. Quero partir. Pensei deixar tudo na dúvida, acabo de decidir agora que não suporto equívocos, por isso te vou escrever. Não para que te culpes. Estou lúcida e pensei muito. É apenas mais uma prova do amor por ti. Não sei se será hoje, se amanhã. Preciso ter a certeza de que ninguém me pode impedir. Detesto ouvir que alguém «se tentou matar». Por isso, tenho de ser certeira e estar segura de que não serei descoberta antes de tempo.

Há muito que junto comprimidos. Não sei quais serão os mais fortes, mas como vou engolir muitos, não falharei.

Sofrerás bastante, mas ficarás liberto. Tal como o meu pai.

Só lamento a minha mãe, mas não chega. Aos dezoito anos, temos de saber viver para além dos pais.

Tenho medo de morrer. Quem não tem? Mesmo aqueles que, como a Joana e a Sara, acreditam na reencarnação, receiam a morte. Espero que os comprimidos não me deixem demasiado pedrada e possa ver tudo, sentir a passagem, desaparecer em cada instante.

Já não devo ir a tempo de te falar da minha infância.

Não faz mal. Não iria adiantar muito. A carta chegará.

O telefone tocou, precisei explicar que não poderia ir à reunião de piso. Talvez fosse a última sessão com a família, uma pontuação estava a ser necessária:

– Vejo-os mais atentos nesta sessão, talvez o Nuno esteja um pouco disperso, mas já me vou habituando, de vez em quando está mais virado para dentro. Acho que a Susana levantou um ponto importante que gostaria de esclarecer: o Nuno precisa falar ainda sobre a Rita, só que neste momento não é tema único das nossas conversas. A questão que ponho a todos é a seguinte: como vão ser capazes de se manter unidos e ao mesmo tempo cada um poder cuidar de si?

Seguiu-se um silêncio. Recordei Guy Ausloos, olhos azuis brilhantes e estranhos socos sempre calçados, a trabalhar com o nosso grupo de fundadores da Sociedade Portuguesa de Terapia Familiar. Discutíamos a adolescência e ele repetia: «*Finalités individuelles, finalités familiales: ouvrir des choix*»[1], nesta situação por certo diria que a família estava com um problema de «*pilotage*»[2]. Quando acabasse a terapia familiar, quem seria o guia desta família?

O pai pareceu adivinhar as minhas preocupações:

– Tiro das nossas conversas uma conclusão importante. Estávamos todos dispersos e a morte, embora dolorosa, contribuiu para a nossa união. Tanto o falecimento do meu sogro como o da amiga do Nuno. Sei que agora não posso deixar sozinhas as pessoas que estão aqui, precisamos uns dos outros... mas não é só isso. Compreendi finalmente que a família é como uma empresa (não se riam, sabem que existe a deformação profissional), ambas precisam de direção. Sempre fui muito liberal em casa, se calhar agora vou ter de me impor mais, aparecer de outra forma, partilhar...

Houve gestos de assentimento, exceto da mãe:

– Espero que não te queiras transformar numa pessoa autoritária. Já não se usa e não fica bem com a tua

[1] Finalidades individuais, finalidades dos familiares: abrir escolhas.
[2] Pilotagem.

maneira de ser. Como pais, temos de arranjar mais tempo para a família. Tudo o que se passou teria sido muito menos intenso e doloroso se tivéssemos mais disponibilidade uns para os outros...

Querida mãe, nestas coisas de sentimentos sempre foste um bocado tosca! Não foi um problema de falta de tempo, foi uma questão de medos. Medo de amar, medo de falhar, medo de continuar sozinha, conforme quiseres pensar em mim, no avô Augusto ou na Rita. Todos tivemos receios. É claro que tens razão num ponto: se tivesse havido mais oportunidade para falar, talvez o sofrimento tivesse sido menor. Mas conheces alguém sem medo do amor? Não sentes que é um assunto difícil para falar?

O pai introduzia o assunto das férias:

– Quando o Nuno terminar os exames, partiremos para o Algarve. Também convidei a minha sogra, mas ela não aceitou. Diz que precisamos de estar em família, talvez tenha razão. Vamos voltar a uma praia onde íamos quando eles eram pequenos. Estamos de acordo em experimentar de novo, é uma espécie de romagem de saudade, estou convencido de que nos vai fazer bem...

Ainda não lhes disse que quero convidar o Pedro, mas não deve haver problema. Ele adapta-se bem, fala pouco junto dos meus pais e não exige grandes comodismos. Lembro-me da casa, varanda virada para o mar, jardim com sardinheiras que costumava estragar com a bola, um caminho muito estreito por entre os pinheiros a terminar na praia. A mãe com um saco enorme cheio de tralha, for-

mas de areia da Susana, cremes solares, garrafas de água, boiões de iogurte, o pai só com o jornal debaixo do braço, de óculos escuros novos a olhar para o mar. Amigos na praia, companheiros de bola e mergulhos, gelados e coca--cola no bar junto às rochas.

Agora tem de ser diferente. A Susana já não faz bolos de areia para as formas, há muito que não sei o que é a praia de manhã, odeio comer na areia. Conto com o Pedro para conhecer a noite algarvia. Estou proibido de levar a mota, a mamã tem imenso medo das estradas do Algarve, por isso vou ter de andar na dele. O Pedro diz que não há discotecas como as do Algarve, espero nessa altura já estar como dantes e com um pé na Faculdade.

Susana acrescentou:

– Depois do Algarve, vou passar uns dias a Bragança com os meus avós. Como não tenho exames (ao contrário do Nuno), vou em breve fazer um curso de computadores, depois vou de férias com a família. Em setembro, antes das aulas recomeçarem, vou estar pelo menos dez dias em Bragança. Nessa altura já não deve estar muito calor, dizem que o Algarve é quente porque não conhecem Trás-os-Montes! Apetece-me estar com a minha outra avó, fazer bolos, tratar da casa, ir jantar fora e fartar-me de comer... só tenho pena de nas férias estar pouco tempo com o Filipe, mas ele vai para o estrangeiro com os pais.

– E, já agora e a propósito de férias, talvez se arranje um fim de semana em Paris só com o meu marido. A empresa dele abriu lá um escritório, junta-se a ida pelo trabalho a dois dias de descanso. Como os tribunais estão fechados no verão, acho que conseguirei tirar uma sexta-feira ao escritório.

Era bom ver esta família com projetos de futuro. Carl Whitaker ensinava: a forma como um conjunto familiar consegue organizar as férias é um elemento diagnóstico fundamental do seu funcionamento. Se o velho mestre tinha razão, a família parecia no bom caminho.

– Como já lhes disse, vou continuar o trabalho com o Nuno por mais algum tempo. Quanto à família, proponho ficarmos por aqui, com nova sessão em outubro, para avaliarmos como tudo está a correr no início do ano letivo. É claro que podem telefonar, ou mandar recado pelo Nuno, se quiserem voltar antes...

Aceitaram a proposta sem grande discussão e só a avó agradeceu, com cerimónia, «tudo o que fez por nós, especialmente pelo meu neto». O estranho é que um terapeuta faz pouco, Sr.ª D. Teresa, nas sessões familiares limitei-me a estar convosco, a fazer circular a informação, a construir convosco uma nova visão da realidade. Tenho esperança de que possam continuar o trabalho sozinhos.

Agora que a família não volta cá, tenho dúvidas se virei. Não quero ficar dependente do médico. Acho um bocado ridículo ter tantas consultas, afinal ainda não fiz dezoito anos, dizem que os adolescentes têm grande capacidade de ultrapassar os problemas. Ainda não percebi muito bem essa ideia de crise da juventude, de que a televisão está sempre a falar. Vejo a maioria dos meus colegas e verifico que não se notam grandes problemas. Não deve haver nenhum período da vida em que as pessoas se divirtam tanto. Festas de anos, jantares de turma, viagens de finalistas, noites porreiras na discoteca, jogos de futebol... A adolescência é uma época espetacular! O problema é que, quando corre mal, dói muito. O pai diz que ainda não nos sabemos defender, e deve ter razão. Também muitas vezes estamos aflitos e não queremos dar parte fraca, para que os pais não possam voltar atrás, a recomeçar aquela proteção toda...

Se não tivesse vindo a este médico, o que seria de mim? Não é que ele tenha feito muito, passa a maior parte do tempo calado, às vezes os comentários não dizem nada que eu já não tenha pensado, mas dá-me ideia que entendeu. Compreendi que isso é o mais importante, ter alguém que nos ouça com bastante atenção, de modo a poder dizer «compreendo». Acho que as escolas seriam bem melhores se os professores tentassem compreender, antes de decidir.

Por isso vou continuar a falar com o médico para me conhecer um pouco melhor, para ganhar alguma força interior e alegria para viver (serei capaz?). Rita, tenho pena que o professor não consiga ajudar a que te compreenda melhor. Parece pouco interessado em falar da tua morte, muito mais virado para «ajudar a estruturar o meu futuro», como costuma dizer no fim das consultas. Talvez tenha razão. Explicou-me (sem me explicar) como me ensinaste o amor. Gostava que o tivesses conhecido.

O pai foi o primeiro a levantar-se, arrumaram as cadeiras no canto do gabinete e despediram-se com apertos de mão. A Susana voltou atrás e inclinou a cara para um beijinho. Não os acompanhei ao corredor, as despedidas nunca foram o meu forte.

15

Estou muito perto do horizonte. A casa parece-me estranha. Perdi, em definitivo, o rasto do amor. Sinto o deserto dentro de mim.

Antes de morrer, quero abrir o coração pela última vez.

Estava em Newark há três dias. Deitavam-me cedo, muitas vezes ficava acordada a ver o candeeiro do teto, a prateleira de bonecos de peluche, o lego empilhado no chão, a roupa na cadeira. Adormecia por fim, a ouvir a televisão na sala ao lado, ruídos na casa de banho, a tosse de minha tia. Nessa noite havia um estranho silêncio, só ao longe o ruído de um café (Seabra's marisqueira?), as vozes dos vizinhos.

Sonhei com Portugal e com os meus pais, Lisboa, passeios ao domingo, a luz da manhã. Acordei sem saber onde estava, cheia de sede, solidão. Chamei, o meu tio veio logo, um copo de leite e um gelado, ficou a olhar-me sem nada dizer. Não estou hoje certa se dormia, mas segura de que em dado momento se deitou a meu lado e começou a ajeitar-me os cabelos. Depois foi tudo num instante, beijos, carícias em sítios desconhecidos do meu corpo, palavras estranhas, promessas de presentes e segredos. A certa altura nada entendia, via a sua pulseira de oiro junto ao meu rosto, beijos, de pé junto à cama a tirar os *boxers*, de novo a meu lado sem nada dizer.

Preciso contar-te isto antes da minha morte. Não sei se compreenderás, porque o meu pensamento não encontra o teu e não nos vamos voltar a ver. Nem percebes o que Newark tem a ver contigo. Espera só um pouco.

Tudo se repetiu durante quatro noites. Já conhecia o ruído da porta a abrir-se, os passos do meu tio no tapete a contornar o lego, depois deitado a meu lado, ou meio suspenso em cima de mim. Em seguida ameaçava-me se contasse a alguém. Um dia fiquei suja sem perceber porquê. Depois de ele se ir embora, chorava em silêncio até adormecer de cansaço.

Não vale a pena falar mais nisto. Só preciso explicar porque penso em ti quando recordo. É que, na nossa noite do Meco, esqueci Newark. Foi um sentimento tão intenso que não consigo descrevê-lo. Não precisei fingir, como fazia com o Francisco. Não necessitei fugir, como fiz com outros rapazes que se aproximaram de mim. Os nossos corpos passaram pela luz escondida daquela noite, encontrámo-nos sós no mundo e não era preciso mais nada. Soubeste amar-me com tanta delicadeza, conter tão bem o meu corpo nos teus braços, ser ao mesmo tempo violento e terno, que me fizeste sentir o que nem sequer sou capaz de confessar.

Por isso te persegui por uns tempos. Amor, para mim foste vida, o fim do passado sujo de Newark, o cessar do abandono do meu pai.

A carta que escreverei para ti terá o destino que entenderes, é um simples testemunho do meu amor. Queres prova mais evidente? A destruição definitiva do corpo a que deste vida é o sinal seguro do que sinto por ti. Não quero que te culpes de nada. O que me deste, embora por tão pouco tempo, foi total. Julgava já não ser possível, depois de ter deixado o Francisco, um homem sensível que tudo fez para me fazer feliz.

Como diria o meu pai

a vida é um dilema singelo,
ou se é bigorna ou se é martelo

e eu adaptei-me sempre a ser batida desde os seis anos.

Quero que vivas a tua vida o melhor possível. Tens tudo o que precisas para o conseguir. Gosto tanto de ti que não imagino ver-te sofrer um segundo.

Deixo-te o *Punto*. Sei que ainda não tens carta de condução, mas não faz mal. Ficará à minha porta até seres capaz de o levar. Queria ir contigo, voltar uma noite à casa do Meco, ver a luz do Sol nos teus olhos no Bar do Peixe, fazer dois filhos

António e Mariana
Salvador e Beatriz

nunca mais pensar na pulseira do meu tio nem no dilema do meu pai, não foi possível...

* * *

Não compreendo como te foi impossível pedir ajuda, um telefonema para o telemóvel, um mail, *uma espera à saída das aulas como fizeste algumas vezes, não entendo por que quiseste entrar sozinha na escuridão, conhecer a morte, partir, deixar a tua mãe a dormir no quarto ao lado, a mim na culpa e na dúvida para sempre. Agora que estou melhor, tudo parece mais sem sentido, exceto a verdade com que te amei naquela noite. E se a tua morte foi a prova definitiva de amor, desculpa não o ter entendido antes, se fosse mais atento continuarias viva.*

O amor parou dentro de nós e eu deixei-o ir embora, entre sonhos continuo contigo, fogo, o mar da Praia da Adraga, se me ouves ainda, Rita, quero dizer-te que agora consigo amar-te e estar contigo.

Comprimidos engolidos à pressa, por que razão não chamei por ti, a certeza agora dos teus passos no corredor da minha casa, vens buscar-me e evitar que morra, levar-me outra vez ao Meco e a Almoçageme, oiço a tua voz a chamar, vejo já aquilo que nunca fui capaz de te dar, amor, a poesia que escreves e nunca li, quero que pegues em mim e sejas meu abrigo.

A escuridão em que me deixaste roubou-me a vida

a vida é um dilema singelo,
ou se é bigorna ou se é martelo

leva-me contigo para onde quiseres, seremos vagabundos se o dinheiro faltar.

Desde sempre, desde o início, receei qualquer coisa em ti, algo que nunca confidenciaste, quem sabe o que faltou em definitivo ao nosso amor. Avô, o dinheiro ganha-se como escravo e gasta-se como fidalgo, posso ganhar para ti quando tiver dezoito anos.

Vejo agora a minha mãe a chorar depois da partida do meu pai, os dois a entregarem-me à prima no aeroporto, a chegada a Newark (Coutinho's bakery, Seabra's marisqueira), a pulseira do meu tio num braço coberto de pelos, o lego no chão e a prateleira dos bonecos de peluche.

Nunca te ofereci nada, pensei dar-te um dia um urso panda, vi-o na montra da papelaria ao pé da escola, mais uma vez tive medo, receei que tomasses como um compromisso, uma certeza, uma declaração definitiva, sei agora que partiste sem nada meu, espero ao menos que recordes a noite do Meco, a varanda onde curtimos, os poucos momentos que tivemos juntos, a minha mota de que troçavas, o sorriso do Pedro e a amizade da Leonor, preciso ainda falar-te do meu avô que está no cemitério ao pé de ti.

Um túnel branco à minha frente, percorro-o contigo e já não tenho medo, passamos pelo meu tio como se voássemos e quase não o vejo, vou agora a flutuar nos teus braços num lago enorme, o meu pai de dedo em riste

a vida é um dilema singelo,
ou se é bigorna ou se é martelo

não queres saber de nada, ajeitas o cabelo e fica horrível, esqueceste mais uma vez o gel, que me importa se estou contigo

A noite passada sonhei contigo, o estranho é que aparecíamos acompanhados, tu com um rapaz de camisa à beto e ar malandro, eu com uma rapariga com quem meti conversa no hospital (ou seria a Marta?), estávamos no restaurante de um motel à beira da estrada, o Punto *à porta a precisar (como sempre) de uma lavagem, pretextavas uma ida à casa de banho e passado um minuto eu dizia que ia ao quarto*

carros velhos, homens sem abrigo a dormir agarrados a garrafas, as pedras da calçada desfeita atiradas para o meio da estrada, chove agora muito e tu proteges-me com as tuas grandes mãos
tenho frio
vejo a luz do Bar do Peixe na tua cara

batem as portas, em tons de suicídio, como se fossem um corpo a cair do nono andar...

agora estamos os dois a fazer amor no teu quarto do motel, pode ser que eles se entretenham à mesa o tempo suficiente, temos de dar um ao outro (finalmente) tudo o que temos cá dentro escureceu muito, já não estás ao meu lado, tenho medo afinal é tudo sonho, estou sozinho e tu partiste

batem as portas...

olho para trás e afinal ainda lá estás, amor.

Nota: Nas pp. 31 e 56 recorri aos conceitos descritos no livro de M. Alarcão, *(Des)Equilíbrios Familiares*, Coimbra, Quarteto Editora, 2000; na p. 103, de E. Erikson, Identity, *Youth and Crisis*, Nova Iorque, Norton, 1968; finalmente, na p. 115, de P. Watzlawick, J. Weakland e R. Fish, *Change: principles of problem formation and problem resolution*, Nova Iorque, Norton, 1974.

OBRAS DO AUTOR

Droga, Pais e Filhos (em colaboração), Bertrand, Lisboa, 1978 (esg.)

Terapia Familiar (em colaboração), Afrontamento, Porto, 1985 (3.ª ed., 1997)

Que Divórcio? (em colaboração), Edições 70, Lisboa, 1991 (2.ª ed., 1992) (esg.)

Ninguém Morre Sozinho – o adolescente e o suicídio, Editorial Caminho, Lisboa, 1991 (15.ª ed., 2009)

Vozes e Ruídos – Diálogos com Adolescentes, Editorial Caminho, Lisboa, 1993 (15.ª ed., 2009)

Inventem-se Novos Pais, Editorial Caminho, Lisboa, 1994 (15.ª ed., 2006); Edição brasileira: *Inventem-se novos pais: Construindo uma relação mais sólida e confiável entre pais e filhos*, Editora Gente, São Paulo, 2004

Voltei à Escola, Editorial Caminho, Lisboa, 1996 (8.ª ed., 2003)

A Cinza do Tempo, Editorial Caminho, 1997 (8.ª ed., 2004)

Vivemos Livres Numa Prisão, Editorial Caminho, Lisboa, 1998 (5.ª ed., 2008)

A Arte da Fuga, Editorial Caminho, Lisboa, 1999 (5.ª ed., 2004)

Tudo o Que Temos Cá Dentro, Editorial Caminho, Lisboa, 2000 (6.ª ed., 2009)

Lições do Abismo, Editorial Caminho, Lisboa, 2002 (2.ª ed., 2009)

Vagabundos de Nós, Editorial Caminho, Lisboa, 2003 (2.ª ed., 2004); Edição brasileira: *Eu sempre vou te amar – a comovente história de amor entre uma mãe e o seu filho homossexual*, Editora Gente, São Paulo, 2005

Árvore Sem Voz, Editorial Caminho, Lisboa, 2004 (2.ª ed., 2004)

Lavrar o Mar – Um novo olhar sobre o relacionamento entre pais e filhos, Editorial Caminho, Lisboa, 2006

A Razão dos Avós, Editorial Caminho, Lisboa, 2008 (6.ª ed., 2009)

Porque sim, Editorial Caminho, Lisboa, 2009 (4.ª ed., 2010)

Memórias do Futuro. Narrativa de Uma Família, Editorial Caminho, Lisboa, 2010 (2.ª ed., 2010)

Da Família, da Escola, e Umas Quantas Coisas Mais, Editorial Caminho, Lisboa, 2011